メディアワークス文庫

いずれ傾国悪女と呼ばれる宮女は、冷帝の愛し妃2

巻村 螢

目　次

【主な登場人物】

紅林《こうりん》――翠月国《すいげつこく》前皇帝・林景台《りんけいだい》の娘。反乱により後宮が焼き落とされながらも生き延びた。紅玉《こうぎょく》という名を捨て、正体を隠して生きる。

関玿《かんしょう》――林王朝の悪政により苦しむ民衆のため立ち上がった反乱軍総大将で、翠月国の現皇帝。一部の民の間では、冷帝と渾名されている。

宋賢妃《そうけんひ》――後宮で権力を持つ正一品の四夫人の一人。いつも紅林を敵視している。

李徳妃《りとくひ》――後宮で権力を持つ正一品の四夫人の一人。四夫人であることに矜持を持つ。

景淑妃《けいしゅくひ》――後宮で権力を持つ正一品の四夫人の一人。辰砂国《しんしゃこく》と過去に縁がある様子。

朱香《しゅきよう》――後宮で数少ない紅林の友人で、心優しい侍女。

朱蘭《しゅらん》――朱香の姉で、元貴妃。今は朱香と共に紅林に仕える。

徐瓔《じょえい》――紅林に助けられたことがきっかけで親しくなった、宋賢妃に仕える侍女。

安永季《あんえいき》――宰相。飾らない性格で、関玿とは旧知の仲。

夏侯侲《かこうしん》――新しい内侍長官。後宮の不正を取り締まるべく、目を配る。

赤王維《せきおうい》――辰砂国の太子。国営商隊の管理をしており、特使団団長を務める。

嵩凱《こうがい》――王維に仕える従者。ともに特使団として翠月国を訪れる。

【序章】

初めて恋した人は死んだ。

「今頃、あの国では美しい芙蓉《ふよう》が咲いてるんだろうな」

彼女との思い出は多くない。

しかし、何よりも誰よりも鮮やかに色づいて、今でも鮮明にあの日のことは思い出せる。真っ白な芙蓉の中に立つ、暁《あかつき》に紛《まぎ》れた彼女。

「王維《おうい》殿下、今度の翠月国《すいげつこく》への外遊ですが……」

近侍である嵩凱《こうがい》の声に、王維は赤茶けた短髪を風に揺らしながら振り向いた。

「陛下が、やはり殿下も必ず行くようにと」

「ははっ、やっぱりな。……まあ、分かってたよ。王族が行けばそれだけで翠月国への圧力になるからね」

「でも」と、王維は楼閣《ろうかく》の二階に設《しつら》えられた柱廊《ちゅうろう》から、西の空を見つめる。

黄土色の色瓦と朱色の柱の向こうに見える、青空のはるか向こう。見えもしない地平のその先を、王維は悲しそうに空と同じ色の目をすがめて眺めていた。

「行きたくないな」

行っても、もう彼女はいない。

ボソリと呟《つぶや》いた独り言は、柱廊を吹き抜ける風の音でかき消され、嵩凱の耳には届かなかったようだ。

チラとも反応せず、姿勢正しく風に吹かれている。背後から吹きすさぶ風に、首後ろで結った髪が頬を叩《たた》いているのに嵩凱は手で払うこともせず、ただ目線を伏して王維の言葉を待っている。

そんな生真面目な近侍の姿に、王維の悪戯心《いたずらごころ》がうずいた。

「なあ、嵩凱。二度と叶《かな》わない恋って、どうやって忘れたら良《い》いと思う？」

彼とは長い付き合いだが、彼に関する色話を一度も聞いたことがない。はたして恋という話題にどう反応するのか。できるのなら、過去の色話のひとつやふたつ聞いてみたいものだが。

「新たな恋をなさることかと」

嵩凱は相変わらず目線は伏せたまま、態度や表情を少しも崩さず答えた。

「それって、経験談？　嵩凱もそんな経験があったんだ」

もう少しつついてみる。

「いいえ。私は恋したことすらないので、忘れられないものなどありません」

ただ、と嵩凱もはるか空の彼方《かなた》を見つめた。

「家族のことは、今でも忘れられませんが」

王維は、はぁと片眉を下げて苦笑交じりの溜息《ためいき》を吐《つ》いた。

「家族か……お前はいい年こいて色気がないね。もう三十だろ」

「まだ二十九です」

「かわらないって」

結局、近侍への悪戯は不発に終わった。面白くない。

「そんなことより、この外交で翠月国との貿易を復活させなければならないのですから、殿下も交渉には努めてもらいませんと。どうぞ、恋の痛手は仕事で癒やしてください」

「本当、嵩凱は面白くないな」

口を開けば仕事の話ばかり。しかし、既に数多《あまた》の家臣を持つ王太子でもなく、封地《ほうち》を与えられる代わりに商隊に入れてくれと言った全てにおいて変わり種な自分には、このくらい真面目な者のほうが良いのかもしれない。

「まあ、でも一度は見てみたかったんだよな。翠月国の新たな皇帝って奴をさ」

長く栄えた林《りん》王朝は、つい五年ほど前に倒れた。その際に王宮は大火にのまれ、特に被害が酷《ひど》かった後宮は、中にいた女達共々全て焼け落ちたらしい。

つい柱廊の欄干《らんかん》を握る手に力がこもる。乾燥した木に爪が食い込み、ギシッと軋《きし》んだ。

「俺の大切な林王朝を倒した奴が、いかほどのもんかじっくり値踏みしてやるよ」

彼女を殺した男がどんな奴か、しっかりとこの目に焼き付けてやる。

【一章・四夫人の仕事】

1

紅林《こうりん》が宮女として関《かん》王朝の後宮へ、元職場である花楼の主人に売られてから約半年。

翠月国《すいげつこく》の歴史に由来して不吉と言われる白い髪を持つ紅林は、様々な悪意を向けられ続け、ただひっそりと静かに生きることを望んでいた。

その考えは後宮に入ってからも変わらなかったのだが、紆余《うよ》曲折《きょくせつ》あり皇帝である関《かん》玿《しょう》の目に留まり寵愛《ちょうあい》を得てしまった。

そうして、ただの宮女から貴妃位まで、誰もが驚くような一足飛びの出世を果たしたのがつい五日前のこと……。

後宮の北壁の麓で、紅林はひとり、地面をじっと眺めていた。

雑木林に囲まれた北壁の際《きわ》。かつて、林王朝の貴妃であった母親を弔っていた場所のすぐ近くを、紅林は口をへの字にして難しい顔で見下ろす。

すると、彼女はおもむろにしゃがみ込み、地面をせっせと掘りはじめたではないか。

せっかく昨日、侍女の朱蘭《しゅらん》が薄紅色の爪紅《つまべに》を塗ってくれたというのに、紅林はおかまいなしにガリガリと地面を掻《か》いていく。そうして指先が硬いものに当たると、紅林はしばし動きを止め、そして今度は掻いた土を再び元へと戻した。

最後に靴で平らに踏み固めれば、地面はすっかり元の姿だ。

紅林は土で汚れるのも気にせず腕を組み、天を仰いだ。

「どうしようかしらねぇ……」

遠くから「紅貴妃《こうきひ》様どこですかー！」と自分を呼ぶ声が聞こえる。この元気の良さは、きっともうひとりの侍女である朱香《しゅきょう》だろう。

これ以上姿をくらましていると、彼女に泣きながら怒られそうだ。

さて、ひとまずは貴妃の宮――赤薔宮《せきしょうきゅう》へと戻ろうか。

◆

朱香に引きずられるようにして赤薔宮へと戻れば、両腰に手を当てて仁王立ちした朱蘭が宮の門の前で待っていた。

彼女は、垂れた目をいっそう垂らして柔和に微笑《ほほえ》んでおり、一見「お待ちしておりましたよ」と慈愛に満ちた声を掛けてくれそうにも見えるのだが、全身からほとばしる怒気をヒシヒシと身に受ければ、そんな希望は捨てざるを得ない。

赤薔宮の門兵も、朱蘭の表情と一致しない空気に、視線を逸《そ》らし額《ひたい》に冷や汗をかいている。このままここで説教が始まっては、彼らもいたたまれないだろう。

紅林は自ら怒られに、笑顔の朱蘭の前へと進み出た。


赤薔宮と呼ばれる白壁に囲われた敷地《しきち》の中には、紅林の過ごす正宮《せいきゅう》——一般的にこが赤薔宮の名で呼ばれる——の他に、侍女達のための別宮《べっきゅう》や小さな離れなどがある。

紅林が正宮へと戻るなり、予想通り、朱蘭の鈴の鳴るような清涼な声による説教がはじまる。

「紅貴妃様、本日は陛下より寝宮《しんきゅう》へのお呼びがかかっていると、今朝お伝えしましたよね？」

「……はい」

「そのためには、湯浴みをして全身磨いて香油を髪やお身体《からだ》に馴染《なじ》ませ、お衣装も相応《ふさわ》しいものを選び化粧を施し、つまり色々と準備に時間が必要だということもお分かりですよね？」

「……はい」

「しかも、今夜はただの夜伽《よとぎ》でないのはご承知でしょうか？」

「うぐう……っ」

ぼっ、と紅林の顔が一瞬で色づいた。

「わぁ、紅林ってば顔真っ赤！　見てるこっちまで照れちゃうよ」と、朱香が己の頬を両手で包んで恥ずかしそうに身体をくねらせていると、朱蘭の「香《きょう》」という低い声と一瞥《いちべつ》が彼女を刺す。

さすが元貴妃。実に威厳のある見事な『お黙り』である。

顔を紅林へと戻した朱蘭はもう怒気を放ってはおらず、顔を真っ赤にしてオロオロと視線を足元で彷徨《さまよ》わせている紅林を見て、苦笑を漏らした。

長牀《ちょうしょう》で身を固くして座っている紅林の足元に、朱蘭が膝をつく。

「わたくしは経験がないので偉そうなことは言えませんが、きっと陛下ならば大丈夫ですよ。身を委《ゆだ》ねられるとよろしいかと」

「そうそう。毎日時間があれば紅林の顔を見に来られるくらい、陛下ってば紅林のことが好きなんだから。きっと優しく扱ってくれるよ」

「そ、そんなこと言ったって、二人ともぉ……」

膝に置いていた手を朱蘭に握られ、紅林は珍しく情けない弱った声を出す。

「今更、初夜だなんて恥ずかしいのよ」

貴妃に冊封《さくほう》されてから五日。

後宮の主であり自分の想い人《おもびと》の関玿は毎日会いに来てくれるのだが、今まで夜伽をという話にはなったことはない。

「まあ元々、猶予は五日という話でしたしねえ」

「でも、堂々とあんな宣言されちゃ、やっぱり意識するよね」

朱姉妹は顔を見合わせると、眉と肩を上げて小さく噴き出していた。

「もうっ、笑いごとじゃないわよ！」

紅林は真っ赤な顔を涙目にして訴えた。

貴妃になったその日、赤薔宮を訪ねてきた関玿とそのまま初夜を迎えるのかと思いきや、彼は『嬉《うれ》しすぎて今抱いたら離してやれなくなるから、気持ちを落ち着ける時間が欲しい』と言って、五日を提示したのだ。

しかも帰り際に、『五日後に必ず抱くから』という台詞《せりふ》まで残していった。

色々と懸念はあるが、好きな人と結ばれることは素直に嬉しい。

だが、あのようなことを言った相手に抱かれるのは、正直戦々恐々としてしまうのだ。元武将で城壁越えもできる皇帝相手に、はたして下民生活をしていた貧相な自分の身体がもつかどうか。

どうやって逃げようかと頭を悩ませたのだが、時間が経《た》つのは早いもので、今日がとうとうその五日後であった。

そして、『忘れてはいないぞ』と言わんばかりに朝一番に内侍官《ないじかん》がやって来て、今夜の寝宮入りを伝えたのだ。

おかげで、朝から心が落ち着かない。

すると、手を握っていた朱蘭の力が増した。目を向けると、少し低い場所からまっすぐに彼女が自分を見ていた。

蜜色の瞳に、鳶色《とびいろ》のゆるい巻き毛。

その瞳は、紅林が宮女であった時によく彼女が向けてくれていた、諭すようなものだ。

「後宮ができて半年、陛下は一度も後宮に足を運ばれませんでした。わたくし含め、どの妃嬪《ひひん》も陛下の肌どころか声音すら知りませんでした。しかし、その陛下が今、紅貴妃様のところには毎日足を運ばれ、ついには寝宮を開けられたのです」

元貴妃であった朱蘭は、どのような気持ちで自分を見ているのだろうか。

「朱蘭は、その……嫌じゃないの？　私が彼と……その……」

「まったくですわ」

紅林は申し訳なさそうに、眉を下げて朱蘭の様子を窺《うかが》ったのだが、朱蘭はあっけらかんとして間髪容《い》れずに否定した。

「万が一、わたくしが陛下と閨《ねや》を共にしていたら、実家がもっと面倒なことを画策していたでしょうし、むしろ来ないでくれと願っていたほどですから。あいにく、わたくしには権力闘争の中心地に居座る気概はありませんでしたもの。後宮に入ったのも父の勝手でしたし」

「私も面倒なことはごめんなんだけど……」

皇帝の寵愛など面倒事の火種でしかないことを、紅林は紅玉《こうぎょく》時代の教訓から知っている。まあ、この火種はよく燃えるしよく広がったものだ。

「うふふ、それはお諦めくださいませ」

他人事《ひとごと》だと思って、朱蘭はとても清々《すがすが》しい笑みを向けてくる。

紅林の口が拗《す》ねたように尖《とが》ると、さらに彼女の笑みが濃くなる。

「紅林、もし何か嫌なことされたら言って。その時は、打たれてでも私達が陛下に諫言《かんげん》するから」

「大丈夫だと思うけどさ」と、朱香が長牀の背後から紅林を抱きすくめた。

「朱香ったら……」

紅林は、肩口に回された朱香の腕に頬を寄せ、猫にするように頬ずりをした。

元宮女仲間であり、唯一の友人であった朱香の変わらぬ態度は、紅林を安心させるものであった。

初めの頃は、朱蘭が親しすぎる態度を都度諫《いさ》めていたのだが、紅林が喜んで受け入れていることもあり、今では穏やかに見守ってくれている。

床に膝をついていた朱蘭が立ち上がった。

「さあ、それでは紅貴妃様。まずは湯浴みのお支度を」

「仕方ないわね」と、紅林は素直に朱姉妹に手を引かれ湯殿へと向かった。


　そうして、準備万全で迎えた夜。

　内侍官に連れられ寝宮へと入る。

　扉が背後で閉められ、内侍官達が去って行く足音が聞こえた。

　足音も聞こえなくなり夜の静寂がやって来ると、紅林は改めて寝宮を見回した。

　薄暗い部屋には、幾重にも天井から薄絹《うすぎぬ》が垂らされており視界を阻んでいる。その中で一カ所、手の中に捕まえた蛍のように、内側から橙《だいだい》の灯を発光させている場所があった。

　暖かな色の灯を目指し、紅林は薄絹を一枚、また一枚と手で払いながら進んでいく。

　まるで、ひとり洞窟の中を歩いているような心地で、心細さが募っていく。

　そして、やっとたどり着いた最後の一枚をめくり、紅林は灯の中にいた男に声を掛けた。

「関玿……」

　現れた男――関玿の姿を見て紅林は安堵《あんど》を覚える。

牀《寝台》の縁《ふち》に腰掛けていた関玿は、紅林が声を掛ける前から彼女を見つめていた。

薄絹をめくり次第に近づいてくる彼女の陰影に、彼は何を思っていたのか。現れた紅林を見つめる顔は、慈愛に満ちている。

しばし、見つめ合うだけの時間が流れる。

安堵の次に紅林の胸にやって来たのは、わずかな気恥ずかしさだった。

互いの顔がほんのりと色づいて見えるのは、牀の足元に置かれた燭台《しょくだい》の灯のせいか、それとも……。

「おいで、紅林」

差し出された関玿の大きな手を、紅林は躊躇《ためら》いがちに握る。

そのまま引っ張られるかなとも思ったが、関玿は歩み寄る紅林の早さよりもゆっくりと手を引いた。

目の前まで足を運べば、牀に座った関玿を立った紅林が見下ろす形になる。普段であれば不敬であろうが、この空間には今二人しかいない。

「隣へ」と、関玿に促される。

紅林は小さく頷《うなず》いて、彼の隣に腰を下ろした。

「緊張しているな、紅林」

「それは……だって……」

クスクスと、隣から関玿が小さく笑う気配がした。

「少し話でもしようか」

いつも通りの関玿の様子に、紅林も素直に頷いた。

「五日、色々と考えた。紅林の過去を含めこれからのことも」

関玿の声音は耳に心地よく、太くて低いそれはよく夜に馴染む。

「問題が決して消えたわけじゃない」

「それは私も一番心配していることだわ」

彼が言う『問題』は、紅林もずっと頭の片隅に置いている。

林王朝の元公主——林紅玉であった紅林。名を変えたところで流れる血まで変わるわけではない。

民を苦しめた林王朝最後の皇帝・林景台《りんけいだい》の娘である紅林と、林王朝を倒した義勇軍の大将である関玿が結ばれることなど、本来ならばあり得なかったはずである。しかし、どういう運命の巡り合わせか、二人は出会い、心を通わせてしまった。

そして、この秘密を知るのは二人だけ。

林王朝の生き残りであり、紅林の本当の姿を知っていた大奸臣《だいかんしん》の桂長順《けいちょうじゅん》ももう死んだ。

二人さえ口をつぐんでしまえば、紅林の素性を知る者はいないのだ。

――本当に？

一抹の不安が心に影を落とし、紅林の顔を俯《うつむ》かせる。

「大丈夫だ、紅林はもうひとりじゃないだろう」

膝の上で握りこんだ拳に、そっと関玿の手が重ねられた。ハッとして顔を上げれば、やはり関玿は穏やかな眼差《まなざ》しでこちらを見ていた。

「俺だけじゃない、紅林の傍《そば》には朱姉妹もいる」

脳裏に朱香と朱蘭の姿が描き出される。

二人とも関玿同様、紅林の髪色など見えていないかのように接し、たくさんの笑顔を向けてくれる。

「本当ね。私ったら幸せ者だわ」

つい半年前までは、笑みや優しさとは無縁の生活をしていたとは信じられない。

「きっと紅林の良さを知れば、皆お前のことが好きになるさ。そしてその『皆』に、俺は表側の者達も含めたいと思っている」

「表側も……？」

王宮には外朝と内朝がある。

外朝は国政の場であり数多の官吏が働いており、内朝は皇帝が私生活を送る、後宮を含めた場と分けられている。

関玿の言う表側というのは、外朝のことだ。

「ああ。俺は紅林には後宮の頂《いただき》にいてほしいんだ」

「だったら貴妃位でも充分だと思うけど……」

現状、後宮での最上位にあたるのが四夫人の中でも一番上とされる貴妃なのだから。

それ以上となると……。

関玿は、紅林の内心を読み取ったように小さく頷く。

「紅林を皇后にしたい」

「こ……っ、皇后ですって⁉」

皇后は皇帝唯一の正妃であり、その他大勢の妃嬪達とは一線を画す存在である。

妃嬪の最上位である貴妃といえど所詮は側妃であり、唯一の正妃で、『国母《こくぼ》』とも呼ばれる皇后には敵《かな》わない。

紅林の母であり父の寵妃《ちょうひ》だった媛玉《えんぎょく》も貴妃止まりで、皇后はずっと空位だった。

長い歴史を見ても皇后が空位であることは珍しくなく、その時の政治動向に左右される場合が多い。

それだけ皇后という立場は、表の場——政治とも密接に絡んでくるのだ。

「いくらなんでも皇后は無理だわ。今は私、下民出身ってことになってるんだし、元宮女から皇后になったなんて話、一度も聞いたことないわよ」

「前例がなかったからと、これからもそうとは限らないと思うが？」

驚いている紅林に、関玿はニヤリと目を細める。

「俺は紅林には、誰よりも皇后に相応しい能力があると思っている。高い見識、物怖《ものお》じしない度胸、そして何よりも後宮の中で育ったからこそ持ち得る政治観。それらは望んで手に入るものではない」

「本当にそう思ってる？　買いかぶりすぎじゃないかしら」

褒められすぎて、こそばゆい。

「ははっ、紅林は自分がどれくらいすごい存在か分かっていないようだな。紅林みたいなのは、翠月国全土を探しても出てこない稀有《けう》な存在なんだ。あと単純に、俺は紅林を誰かの下につけたくないし、俺の唯一を紅林以外に与える気がないからな」

半信半疑の眼差しを向ける紅林を、関玿は大丈夫だと笑い飛ばしていた。

彼の豪放磊落《ごうほうらいらく》な性格は、関わる相手にどこか本当に大丈夫と思わせるものがある。それは、彼が口だけではなく常に行動も伴わせてきた人間だからだろう。

「実は今、朝廷では、そろそろ外交をという話が出ているんだ。今までの五年はずっと内政に注力してきたが、随分と落ち着いて余裕が出てきたからな」

前王朝の腐敗と共に荒廃した国を、たったの五年で立て直したのだ。一応、後宮とはいえ、かつての政治中心部に近いところにいた紅林だ。その注力がどれほどの熱量だったのか、苦労だったのかくらい想像はつく。

「あなたのおかげで、民は随分と救われたわね」

握られていない方の手で彼の頰を撫《な》でれば、彼は手に顔を擦《こす》り付《つ》けてきた。まるで人懐こい猫のようで、未《いま》だ民に冷帝と言われているとは信じられない。

——彼の優しさを皆にも知ってもらいたいんだけど……。

だが同時に、このような姿を知っているのは自分だけという、淡い喜びもあったりするものだから正直困る。

——私も随分と、彼にほだされたものね。

「だが、今の朝廷は他の国を知らない者がほとんどだ。きっと、かつて外交を近くで見てきた紅林ならば、色々と気付ける部分もあると思うんだ」

「確かに。一応、私も公主だったから、他国との外交式典なんかにも出席しないといけなかったし、その部分では力になれると思うけど……」

「頼む、紅林。俺の隣で俺を助けてくれ。もちろんこの件だけでなく、これからもずっと」

加えて、皇帝だというのにこの素直さだ。

関玿は自分のことを稀有だと言ったが、彼のほうこそ稀有も稀有だろう。権力を持ちつつ、これほどに誠実でまっすぐな者を紅林は知らない。

懇願するように、両手でぎゅっと手を握りしめられる。

「もう、関玿ったら」

紅林は「仕方ないわね」とでも言うように、上目遣いに眉を垂らし苦笑した。

「皇后の件は置いとくとして、私もあなたの力にはなりたいと思ってるのよ。だから後宮のことは任せて、表に注力してちょうだい。もちろんできることがあるなら、手伝わせてもらうわ」

「俺は良い妻を得たな」

『妻』という言い方に、紅林は胸の内側がむずがゆくなった。

すると、関玿が「さて」と紅林の肩を摑《つか》んだ。

「え？」と反応するよりも早く、次の瞬間には紅林は天井を見上げていた。

「あら？　えっと、あの……関玿？」

上から関玿が見下ろすようにして、紅林に覆《おお》い被《かぶ》さっていた。

その顔は実に楽しそうである。

「さて、夜も深くなってきた。紅林の緊張も随分とほぐれたようだし、そろそろ本望を果たそうかと思うんだが」

「かっ、かかか関玿……っ⁉」

口をわななかせ、かぁっと紅林の顔が赤くなっていく。

自ら寝宮に足を運んだのだし、この状況で『本望』が何を指すのか分からないほど、疎くはないつもりだ。

「か、関玿……本当にあの、その……っ」

抱くの、という言葉は、口の中で恥ずかしさと共に咀嚼《そしゃく》される。

それを見越したかのように、関玿がふっと鼻から薄い笑みを漏らす。

「ああ、俺のものにする」

「関玿……っ」

関玿の真っ赤な瞳が、ゆらゆらと蠟燭《ろうそく》の火を宿したように艶《あで》やかに揺れている。

瞬間、関玿の瞳の色が変わった。

「紅林、お前は俺だけのものだ」

「──っ」

天蓋の影で暗くなった中でも、関玿の真っ赤な瞳は脈打つ鮮血のように生々しくギラついている。まるで子狐《こぎつね》を捕まえて、さてどうしてくれようかと舌なめずりする狼《おおかみ》のような獰猛《どうもう》さすらある。

ごく、とどちらか分からぬ生唾を飲む音が響いた。

「この天の川のような白い髪も、夜空のような黒い瞳も、華奢《きゃしゃ》な指も、吸い付くような肌も、雛芥子《ひなげし》のような真っ赤な唇も……全て俺のものだ」

熱に浮かされた彼の声に全身が痺《しび》れる。

嚙《か》みつくように落とされた口づけは、紅林から思考力を奪い、痺れるほどの切なさを植え付け、何もかもを食らいつくしていく。火傷《やけど》してしまいそうなほど熟れた熱は、顎をなぞり首を這《は》い鎖骨に嚙みつき、遮るものは全て関玿の手が剝《は》ぎ取《と》っていった。

「んっ……」

微《かす》かなだるさを下半身に感じながらも、紅林は身を起こした。

隣では関玿がまだ眠っている。

物音を立てないよう床に落ちた衣装を指先でたぐりよせ、中を探る。コツンと硬いものが指先に触れ、紅林はそれを手にした。衣装の中から出てきたのは、小さな丸薬《がんやく》が入れられた、これまた玻璃《ガラス》製の小さな瓶。

『皇后の件は置いとくとして』――自分の言った言葉が、胸の内に影を落とす。

――先のことなんて……今の私には考えられないもの。

紅林はもう一度関玿の様子を尻目に窺い、寝ていることを確認すると素早く丸薬をひとつ飲み込んだ。

そして何事もなかったかのように、彼の腕に頰を寄せて再び眠りについたのだった。

◆

翌朝、目を開けると視界いっぱいに関玿の顔があった。

「きゃっ⁉」

「おはよう、紅林」

驚き、掛布を口元まで引き上げてしまったのだが、関玿は特に気にした様子もなく額に口づけを落とす。

「っか、関玿……まさか、ずっと見てたの」

「ああ、紅林は寝姿すらも愛らしかったよ。眺めている時間は至福だった」

頬杖《ほおづえ》をついて横になったまま、緩んだ顔でこちらを見てくる関玿。慣れない甘すぎる言葉と掛布から覗《のぞ》く逞《たくま》しい胸板が目に毒で、紅林は掛布をさらに頭の先まで引き上げた。

クスクスとした関玿の笑い声が聞こえてくる。

「本当はこのままずっと二人きりで微睡《まどろ》んでいたいんだが、せっかちな内侍官がもうそこまで来ているからな」

あれほど薄暗かった寝宮は薄光に満ちていて、離れる時間がやって来たのだと分かる。

紅林には分からなかったが、関玿は寝宮の外に人がいる気配を敏感に察知したようだ。

さすが元武将なだけはある。

関玿は牀から抜け出すと、床に落ちていた衣を拾い器用に身につけていく。

「そうだ。昨夜、外交をそろそろという話をしただろう？」

「あ、ええ。言ってたわね」

「朝廷では、その第一歩の相手国として『辰砂国《しんしゃこく》』はどうかなという意見が出てな」

「辰砂国というと、林王朝時代にも国交があったわね。しかも、わりと友好的な関係だったはずよ」

「ああ。ちょうど向こうからも外交復活をしたいとの申し入れが来ていて、それで辰砂国を最初にという話になったんだ。今度、辰砂国からの特使団が来るんだが、そのもてなしを紅林達にお願いしたいんだが」

「た、たち……」

外交官という他国からの賓客。もてなしという言葉。その二つで紅林は瞬時に『達』が誰を指すのかを察して、下瞼《したまぶた》をヒクつかせた。

「はぁ……後宮のことは任せてって言っちゃったものね。頑張るわ」

「ははっ、気持ちは分かるがそんな顔をするな。そういえば、『辰砂国と外交を……』というのは景淑妃《けいしゅくひ》からの奏上でもあってな。何度も俺や宰相宛てに手紙が来ていて、実はそれもあって辰砂国なんだ。だから、景淑妃は協力してくれると思うぞ」

「そう、景淑妃様が……何か辰砂国と関係があるのかしら」

「さあ？　俺は紅林以外に興味がないからよくは知らないが……気になるのなら聞いてみると良い」

　よくこれで宰相の安永季《あんえいき》は、関玿の後宮を作らせたものだ。どれだけ女人に興味がなかったのか。

「そ、そうね。話し合いのために、一度は集まらなきゃでしょうし」

「ああ、頼む。それと、今回のことが上手《うま》くいけば、表での紅林の覚えも良くなるはずだ」

「私は後宮を、あなたは国政を……上手くいくと良いわね」

　うるさいのと、圧がすごいのと、謎なのをまとめるのは骨が折れそうだが、彼女達も四夫人としての矜持《きょうじ》があるだろうから、協力はしてくれるだろう。

　そこで紅林は、関玿がすっかり着替え終わったことに気付いた。慌てて上体を起こす。

「あっ、ごめんなさい。妃である私が手伝うべきだったわよね」

　寝宮にいるのは二人だけなのだから、自分が本来やらねばならなかったのに。今まで誰かに手伝われるか、自分で着替えるかしかやってこなかったため気が回らなかった。

　紅林がしょんぼりと項垂《うなだ》れていると、関玿の手が紅林の頭を抱き寄せる。

「気にするな。俺と二人きりの時まで妃の役割は求めていないから。紅林は、紅林のしたいようにしてくれ」

関玿の唇が、紅林の瞼に落ちた。

「それに」と関玿は付け加える。

「初めてで結構無理をさせたからな。随分と可愛《かわい》かったぞ」

耳元で囁《ささや》かれた言葉に、紅林の顔に火がついた。

「おっと、朝なのに蠟燭を灯《とも》してしまったな。もったいない」

「――っ関玿！」

関玿はあははと楽しそうに腹を抱えながら、紅林に背を向ける。

「それじゃあ、内侍官にあとで赤薔宮の侍女を迎えに来させるよう言っておくから、それまでゆっくり休んでいろ」

片手を挙げ、薄絹の向こうへどんどんと黒い影になっていく関玿に向かって、紅林は小さくべっと舌を出し笑ったのだった。

2

後宮北西にある『竹緑殿《ちくろくでん》』。

こぢんまりとした建物の周囲には文字通り竹林が取り囲み、強くなった陽射《ひざ》しと熱気を遮ってくれる。風に硬い笹《ささ》の葉が揺れるとサワサワと耳にも涼しい。

その場所に今、絢爛《けんらん》な衣装を纏《まと》った四人の美女が、ひとつの円卓を囲み着席していた。

中がさほど広くないこともあり、それぞれの侍女は竹緑殿の外側で待機している。

「辰砂国の特使のもてなしねえ？」

紅林の左手、青藍宮《せいらんきゅう》の主である宋賢妃《そうけんひ》が、用意された茶にふぅと息を吹きかけながら、興味なさそうに紫色の瞳を細める。

「我が国との貿易復活の交渉だとか？」

対して紅林の右手、黒呂宮《こくろきゅう》の主である李徳妃《りとくひ》は、鷹揚《おうよう》に椅子に腰掛け腕組みをして、招集者である紅林を横目に窺った。

「はい。辰砂国とは林王朝時代には貿易など密な付き合いがあったのですが、五年前の争乱で断絶してしまい、以後そのままだったと。現在は民間同士の交易はあるようなのですが、やはり国主導のものもそろそろ必要という話が出ていたところ、ちょうど辰砂国のほうからも話があったようで」

「なるほどな」と、李徳妃が頷けば、宋賢妃も「ああ」と得心の声を漏らす。

「どうりで緑松石《ターコイズ》やら色画《いろえ》絨毯《じゅうたん》とか、ここ数年見ないと思ったわ。お父様に頼んでも全然手に入らないんですもの。あーあ、昔は好きなだけ買えてたのに……でも、貿易自体がなくなってたのねぇ、残念だわ」

「あの青い石好きだったのにぃ」と、宋賢妃は指や手首を飾り立てている宝飾品を撫でながら嘆息する。

まるで、政には関心がない金持ちの箱入り娘のような宋賢妃の発言に、向かいに座った李徳妃は痙攣《けいれん》させていた真っ赤な口を、堪《たま》りかねるとばかりに開いた。

「発言には気をつけられよ、宋賢妃様。林王朝を支持した言葉と受け取られかねないぞ」

「あらぁ、そんな深い意味はないわよ。あたしは欲しいものが手に入らない状況が不満だって言ってるだけで、別に林王朝がどうのこうのなんて言ってないもの」

ピリッ、と空気が張り詰める。

紅林は視線を二人の間で右往左往させ、げんなりと瞼を重くした。

彼女達の背後に、威嚇しあう青孔雀《あおくじゃく》と黒豹《くろひょう》が見える。「キエー!」や「シャーッ」といった声が今にも聞こえてきそうだ。

「立場を考えよと言っているのだ！　もうただの貴族の娘ではなく、お主は賢妃なのだぞ！」

李徳妃が、ドンと卓に拳を落とした。

「きゃあ、李徳妃様ったらピリピリして怖いわぁ。他人の発言を素直に受け取れないだなんて、きっとご自分が捻《ひね》くれているから他人の言葉も捻くれて聞こえるんだわ。黒呂宮の侍女達は苦労するわねぇ」

わざとらしく肩をすくめて、「怖ぁい」とクスクス笑う宋賢妃。絶対に煽《あお》っている。

穏やかに話し合いが済むとはさらさら思っていなかったが、まさかここまで二人の相性が悪いとは。

さて、どう仲裁に入ろうかと紅林が重い頭を悩ませていると、とうとう宋賢妃が李徳妃の自尊心を貫く一言を放つ。

「こんなに気苦労が多いから、侍女も窃盗なんかに走ったのねぇ。可哀想《かわいそう》……ふふっ」

ブチッと、李徳妃のこめかみから何かが切れる音が聞こえた気がした。

次の瞬間、彼女は宋賢妃に飛びかからんばかりの勢いで椅子から立ち上がった。

「わらわを愚弄するか、この小娘がっ！」

「いい加減おやめくださいませ、お二人とも！」

パァンッ、と破裂音が竹緑殿に響き渡った。

一気に場は水を打ったかのように静まりかえる。紅林が手を打ったのだ。

三方向から驚きの視線を受けるが、紅林はキッと猫のような目尻を尖らせ、左右を睨《にら》み付《つ》ける。

「私達は辰砂国からの特使のもてなしについて話し合うために集まったのであって、五年前の是非を討論するためではありません。李徳妃様、明らかな挑発に乗るとは賢い選択とは言えませんよ」

紅林の冴《さ》えた声が、静まりかえった場に一本の旋律のごとくまっすぐに響く。

腰を上げていた李徳妃は、紅林の一瞥に目をすがめ返したが、しかし結局はふんっと鼻を鳴らしただけで大人しく着席した。

次に、紅林の黒い瞳は目の縁を滑り、宋賢妃へと向けられる。

「宋賢妃様。この五年、陛下が内政のみに注力されていたからこそ、たった五年でここまで国力が回復したのです。他意はなくとも、批難と受け取られかねない発言はお控えください」

「何よ、狐《きつね》憑《つ》きが偉そうに……っ」

侮蔑の言葉と一緒に、忌々しそうな舌打ちが鳴らされる。

到底、四夫人の中でも最上位である貴妃に対する態度ではないのだが、紅林はいちいち取り上げずに無視した。

青孔雀と黒豹の喧嘩《けんか》に割く時間はないのだ。

妃嬪の中で最高位である正一品の四夫人。一応は横並びとされているが、その中にも暗黙の序列があり、貴妃、淑妃、徳妃、賢妃の順序とされている。

なので、同じ四夫人といえども宋賢妃の紅林への物言いは問題ありなのだが、彼女の性格を考えると言っても無駄だろうし、紅林は諦めていた。

頰杖をついてそっぽ向く宋賢妃と、腕だけでなく脚まで組んで瞼を閉ざす李徳妃。

二人を見やり紅林は小さな溜息を吐いた。

——まあ、二人がどんな態度をとろうと知ったことではないけど……。

ただ、釘《くぎ》を刺しておく必要はある。

「私に対してはどのような言動をとろうと構いませんが、これだけは覚えていてください。ここ後宮でものを言うのは、生まれでも財の多さでもありません」

紅林は既に、後宮権力がどのように与えられるのか知っている。

「陛下のご寵愛のみです」

それを言われたら、唯一閨を共にした紅林以外、誰も何も言えなくなってしまう。

当然、それを見越しての発言なのだが。

寵を笠《かさ》に着た発言などしたくなかった。しかし、そうでもしないとこの場はまとまらないのも事実である。

かつて公主であったという身分は秘中の秘であり、ただの狐憑きの下民だったという、おそらく後宮では最下層の身分の紅林が、彼女達の上に立つにはこうするしか方法はないのだ。

今はまだ。

——これで少しは、話に耳を傾けてくれるでしょ。

紅林が元の話題に戻そうと口を開きかけた時、しかし他の者が先に口を開いた。

「それで、陛下が今回の接遇をわざわざわたくし達に頼まれたということは、特使の中に身分の高い方でもいるということでしょうか？」

今まで沈黙を貫いていた正面の景淑妃が口火を切ったことに、紅林は目を瞬《しばたた》かせる。驚きを露《あら》わにしたのは、紅林だけでなく左右の二人も同じだった。宋賢妃は頬杖から顔を上げ、李徳妃は閉じた瞼を開いて景淑妃を凝視している。

景淑妃はたおやかな指運びで茶器を手に取ると、小さな口をつけ音もなく茶を飲んでいた。

そうして、茶器が卓にコトンと置かれ、正面から垂れた目を細めた軽い微笑が向けられれば、紅林は我に返る。

「あ、そ、そうですね。特使の中には辰砂国の太子もいらっしゃるということで、到着日には表の宴殿《えんでん》で歓迎の宴《うたげ》が催されるとの話です」

「以前の乞巧奠《きこうでん》は後宮内の宴殿でしたから、さほど人は多くはありませんでしたが。表のとなると、相応の賑《にぎ》やかさになりますでしょうね。わたくし達にもてなしを頼まれたということは、きっと陛下は女人特有の賑やかさをお求めなのでしょう」

すらすらと的を射た意見を口にする景淑妃。

他の二人と違い、紅林は今回初めて彼女と言葉を交わしたのだが、この短い時間でも利発な人だということが分かった。

——朱蘭からは確か十九と聞いていたけど、もっと大人のように感じるわ。

亜麻色の髪は頭の左右で団子に結われ、真ん中から綺麗《きれい》に分かれた前髪のおかげでよく顔が見える。薄青の瞳にポッと丸く色づいたふっくらとした頬、片手で掴めてしまいそうな細い首に、自分の胸元までしかない小さな身体。

見た目だけでいえば年よりも幼く見えるのだが、口を開くと年よりも大人と錯覚しそうになる。

「ええ、ですから歌舞音曲と酌のお相手が中心となるかと。今回酒宴の食事関係は全てあちらの料理人が取り仕切るとのことで、私達は宮女含め接遇役に集中します。その後もしばらくは滞在される予定ですので、もしかすると内侍省より話し相手にと声が掛かるかもしれません。心に留め置いていてください」

「へえ、話し相手。じゃあ、あたしがその太子様のお相手しようかしらぁ」

宋賢妃が明るい声を出した。

太子が来ると聞いて機嫌が良くなったらしい。頬の横に垂れた髪を指に絡みつけながら、楽しそうに鼻歌を歌っている。

大方、彼女が好きだと言った緑松石《ターコイズ》や絨毯を直接ねだる算段なのだろう。

「ご随意に」

四夫人であれば、誰が太子の相手をしても無礼にはならない。

「そういえば、陛下より伺ったのですが、今回の外交先の選定には景淑妃様の奏上の影響もあったと……。もしや、辰砂国と何かご縁でも？」

「ええ、昔の話ですが。辰砂国は昔より交易の国ですし、近年ではさらに諸国との交易に力を入れているという話を聞きまして。翠月国の最初の外交相手としては申し分ないかと思った次第ですの」

「なるほど。実績は信用と同義ですからね」

十九の言う、昔の話というのが少々気になったが、ここは掘り下げるような場でもないだろう。

「では、皆様には酒宴での他の妃嬪達の監督、配置指示をお願いしたく思います。女官には演舞をお願いしますし、宮女についてはお酌などをそれぞれの長《ちょう》に指示出ししておきますので」

「辰砂国との貿易再開に重要な役目だな。しっかりと綱紀を正していかねば」

李徳妃も落ち着いたのか、了承に大きく頷いた。

対して、景淑妃は自分の役目は終わったとばかりに、また茶を静かにすすっている。

もしかしたら、空気を察して助け船を出してくれたのだろうか。

なにぶん、彼女のことを知らなすぎるため思考が読めない。

宋賢妃や李徳妃のような者は、かつての林王朝の後宮にはわんさかいて、おおよその言動や動機の推測はつく。しかし、景淑妃のような妃嬪は紅林にも初めてだ。

すると、宋賢妃が頬杖を片手から両手に増やして、憂鬱そうな顔をどっしり乗せ、溜息をふうと吐いた。

「綱紀……ねぇ」

先ほどまでとは一転した変わりようだ。

「宋賢妃様、随分と物憂げな溜息ですね。何かありましたか？」

目の前で溜息を吐かれれば、さすがに無視はできない。

宋賢妃は顔はそのままに、視線だけを紅林に向けると柳眉を持ち上げた。

「最近、どうやらうちの侍女達の中で、衛兵と密《ひそ》かに逢瀬《おうせ》するのが流行《はや》ってるみたいなのよねぇ。会うだけなら見逃してあげるけど、なんだか段々と熱が上がってきてるような気がするの」

「…………」

正体は関玿だったとはいえ、衛兵と間違いを犯しかけていた紅林には耳の痛い話である。

「黒呂宮の侍女ではそのようなことはないが、聞こえてくる女官達の話の中にはそのような色話も混ざっているな。確かに以前よりも耳にすることが多いように思う」

「わたくしはこの間、白星宮《はくせいきゅう》の門兵に声を掛けている女人を見ましてよ」

ふむ、と紅林は人差し指で顎を叩く。

「どうやら、青藍宮だけでなく後宮全体でもそのような空気があるようですね」

後宮があつらえられて半年。

——確かに、そろそろそんな空気になってくる頃だったわね。

皆、後宮には煌《きら》びやかな世界を夢見て入ってくる。

実際に煌びやかな世界であり、街で暮らしていただけでは見られない上等な宝飾品や調度品に触れては心をときめかせる。

しかし、それも最初のみ。

人は慣れる生き物だ。毎日キラキラ輝く建物や品々に囲まれて生活していれば、元は平民の宮女であろうと置かれた環境が当然になってしまう。

すると、日々に張りがなくなり、楽しみを失う。

その、ぽっかりと空いた心の穴を埋めるのにちょうど良いのが——『恋愛』だ。

もちろん疑似恋愛ならば宋賢妃も言ったように、皆そこまで咎《とが》めない。

こうして不安が滲《にじ》んだ溜息を吐くまでとなると、問題が起きそうな気配があるのだろう。

「青藍宮は、わたくし達四夫人の宮の中で、飛び抜けて侍女が多いですものね。誰かひとりでも熱に浮かされてしまうと、あっという間に伝播《でんぱ》してしまいそうですわ」

「ハンッ！　誰彼構わず侍女にするからだ。そのうち、ぶくぶくと肥え太った豚のように身動きがとれなくなるぞ」

心配を示す景淑妃に対し、歯に衣着せぬどころか牙を剝《む》いて喧嘩腰の李徳妃の言葉に、宋賢妃の口端が引きつった。

「あらぁ、人望があると言ってくださらなぁい？　あたしの優しさを慕って、侍女になりたいって言う娘達が多くて困るのよ。それに選《え》りすぐったところで、宮の主人に審美眼がなければ無意味とは思わなぁい？」

ガタガタッと二人が椅子を引く。

頼むからここで二回戦目を催さないでほしい。開いた瞳孔も閉じて。

紅林はわざと声を大にして、二人の発言権を先に奪う。

「ええと……では、特定の衛兵と懇意にならないように、配置換えの頻度を増やすなどすれば少しは侍女の熱も収まるのでは。私のほうから内侍省へ伝えておきましょうか」

「……そうね、確かに。親しくならないように短期間の配置換えは良さそうだわ」

宋賢妃も李徳妃と挑発合戦をするより、問題について話し合うことのほうが先決だと気付いたようだ。

林王朝の後宮でも、やはりこの手の問題は必ずと言っていいほど噴出していた。

　その昔、林王朝よりいくつか前の王朝までは、男の誇りを切除した宦官《かんがん》と呼ばれる者達で後宮運営をしていたらしいが、それでもやはり女人との密通がなくなることはなく、男のものを模した張形《はりがた》を使っての逢瀬が頻繁に交わされていたのだとか。

　ひどい時は、宦官が外部の男に宦官のふりをさせ密通の手引きをし、小遣い稼ぎをしていた話もある。

　結局、密通はいつの時代でも手に余るものらしい。

　また、男を失った者は『女に媚《こ》びて甘い汁を吸う寄生虫』と官吏達からは蔑んで見られ、宮廷内で変な権力闘争の温床にもなっていた。そういった理由があり、問題事が増えるのであればと今の形に落ち着いたのだとか。

　皇帝の子種の行方については、寝宮という決まった場所でしか夜伽を行わないことと、内侍省が各宮への出入りや、皇帝の行動を細やかに記録をすることで判別しているようだ。

「万が一、皆様のほうで目に余るほど危ぶまれる者がいれば、配置換えではなく後宮外へと異動させることも可能です」

「いざとなったら、そこまでするしかないわよねぇ」

　はぁ、と宋賢妃は憂鬱を固めたような溜息を吐いた。

　聞いているだけで、こちらまで気分が沈んでいく。他の二人も同じようで、心なしか口数がめっきりと減っていた。

誰もが口を閉ざした、妙な時間が流れる。

すると、不満を口先に表した宋賢妃がチラッと紅林に横目を向ける。

――あ、まずい。

面倒くさい気配を察知する。

「いいわよねえ、赤薔宮は。主は狐憑きで男が近寄ってくることもなさそうだし、侍女もたった二人しかいないし、そりゃあ管理も楽で平和よねえ。にしても侍女のひとりは元貴妃とか、よくお互いやっていけるもんだわ。あたしには無理。さすが異端には慣れっこな貴妃様ですこと」

彼女はいちいち、嫌みを付け加えなければ発言できない病にかかっているのだろうか。

しかし宮女の時より、頭を下げ続ける必要がなくなったぶん楽ではある。

こういう場合、突っかかるだけ無駄ということを知っている紅林は、ほんのりと口元だけに笑みを浮かべてやり過ごすことにした。面倒事はごめんだ。

宋賢妃もそれ以上は何も言ってこないので、特に他の意見を求めているわけでもないようだ。単なる愚痴といったところか。

「それじゃ、あたしは帰るわ。危ない侍女も残してきてるし、あたしがいない間に間違いがあっちゃ困るわ」

立ち上がった宋賢妃は、挨拶をすることもなく、「慈花《じか》ー」と竹緑殿のすぐ外に待たせていた侍女を呼んでさっさと帰っていった。

それを皮切りにして、李徳妃も腰を上げる。

「では、わらわも失礼するとしようか」

颯爽《さっそう》と出て行こうとした李徳妃だったが、途中でピタリと足を止め半身を返す。

「ああ、紅貴妃様」

彼女の赤い唇が弧を描いている表情に、紅林は嫌な予感がした。

「な、なんでしょうか、李徳妃様」

「その翡翠《ひすい》の耳環《じかん》、よく似合っているぞ」

李徳妃は、自分の耳を触りながら、紅林に笑みを向けた。

李徳妃の精細な技巧が際立つ李翠玉《りすいぎょく》製特大の耳環を触りながら、同じ李翠玉で作られた紅林の愛らしい大きさの素朴な耳環を見て。

——やっぱりただじゃ終わらないのね！

紅林は笑みを絶やさず、すーっと腹の底まで息を吸い込んで、胸の内にわいた『面倒ください！』という思いを混ぜ込んで鼻から吐き出す。

「こんな素敵な祝儀品をいただき感謝しております、李徳妃様」

李徳妃は、「そうか」と勝ち誇ったように鼻を鳴らし去って行った。

これで一応の義理は果たした。無駄な争いを避けるためなら、このくらいの仕打ち甘んじて受けよう。たった三人の中での出来事なのだし可愛いものだ。

そうして最後、景淑妃が席を立つ。

「あっ、景淑妃様！　お祝いの言葉ありがとうございます。あのように上等な紙まで使っていただいて」

景淑妃は足を止めず、一度、肩口から微笑を覗かせただけで静かに出て行った。

不思議な人だ。

◆

「あ、お帰りー紅林」

「お邪魔してますよー紅貴妃様」

竹緑殿の外で控えていた朱蘭と共に赤薔宮へと戻ってくれば、出迎えてくれたのは留守を任せていた朱香と、遊びに来たのだろう徐瓔《じょえい》だった。

「同じ四夫人でも、うちの青藍宮とはやっぱり趣が違いますねえ。それにしても、良い所に住んでるーうっらやましい限りですよ」

「ふふ、なんだか徐瓔さんに丁寧な言葉遣いをされると、居心地が悪いですね」

青藍宮の侍女である徐璎とは、紅林がまだ宮女だった時に知り合い、『宋賢妃様のいびりからは守ってあげられないけど、困ったことがあったら言って』と言われた仲である。

どういう関係か自分でも分からないが、後宮でできた友人と言えるのだろう。少し照れくさいが。

すると、朱蘭が不機嫌な声を漏らす。

「紅貴妃様、侍女相手にそのような丁寧な言葉遣いをなさる必要はありませんよ。特によその宮の侍女ですし」

徐璎に対する言葉遣いを言っているのだろう。まあ、当たり前か。

自分の主人が他の宮とはいえ、侍女に丁寧な言葉遣いをしているのだ。聞いていて、あまり気持ちの良いものではないだろう。

「そうそう。今は紅林——じゃなかった、紅貴妃様のほうが位階が上なんですからね、私にそんな丁寧に話さなくて良いんですよ」

徐璎もまだ慣れないのか、時折宮女の紅林に対しての口調が漏れ出ることがある。そのたびに朱蘭からの厳しい視線を受けており、少々可哀想ではある。

急に態度を変えなければならないというのも、難しいものなのだ。

「ごめんなさい、朱蘭。気をつけてるんだけど、まだ癖が抜けなくて」

「私も実は微妙に照れくさいのよね――じゃなかった。照れくさいんですよね」

「お二人とも……まったく」

朱蘭が腰に手をついて、「もう」とばかり片頬を膨らませていた。紅林は徐瓔と互いに横目で目配せし合い、素直に「気をつけます」と頭を下げる。

元貴妃である朱蘭に対する言葉遣いは、比較的すんなりと順応できた。

もちろん最初は、丁寧な喋《しゃべ》り方に戻っては朱蘭に注意を受ける、というのを繰り返していたのだが、毎日顔を合わせ喋るということもあり慣れるのも早かった。

しかし、時折しか会わない徐瓔相手だと、まだまだ慣れが足りなくて、いっときするとすぐ元の口調に戻ってしまうのだ。

「まあ、このような内輪だけの場ならまだ良いですが、くれぐれも外では気をつけてくださいね」

「ええ、貴妃の名を傷つけないよう気をつけるわ、朱蘭」

「妃嬪には優しさだけでなく、威厳というものも必要ですからね。それと、徐瓔さんも。外でうっかりとボロが出てしまわないように、早めに慣れてくださいね？」

「っか、かしこまりました、朱蘭様！」

朱貴妃《しゅきひ》時代を彷彿《ほうふつ》とさせる有無を言わせぬ笑みと「ね」に込められた圧に、徐瓔は即座にピシッと姿勢を正したのだった。

おそらく、侍女の中で朱蘭に敵う者はいないだろう。

「それで、徐璎。宋賢妃様は先ほど青藍宮に戻られたようだけど、こんなところで油を売っていて良いの？」

徐璎や朱香がいた卓に紅林と朱蘭も着き、部屋は団欒《だんらん》の空気になる。

「大丈夫ですよ。うちは侍女が多いから」

「ああ、そういえば。以前も交替で休みをとってるって言ってたものね」

紅林は、申し訳なさそうに朱姉妹を見る。

赤薔宮の侍女は二人のみだ。おかげで紅林の身の回りのことは全て二人だけで回さないといけない。休みを与えてやれる暇がないのだ。

「ごめんなさい、二人とも。私のせいで全然人手が集まらなくて」

肩にかかった一点の曇りもない白い髪を摘まみ、紅林は投げ捨てるように放った。が、白い髪はすぐに主の元にへにゃりと戻ってくる。

赤薔宮に侍女が集まらないのは、間違いなく狐憑きと呼ばれる真っ白な髪色の主《あるじ》が問題なのだろう。朱姉妹のように迷信だと思っていても、さんざん今まで狐憑きと邪険にしてきた紅林に、今更近寄ろうという勇気のある者は少ない。

「気にすることないって、紅林！　皆、紅林がとっても良い子だって知れば、髪色なんか気にならなくなるって！」

「ええ、紅貴妃様の人品骨柄はとても素晴らしいものですもの。陛下がお選びになるのも納得ですわ」

「そ、そこまでは……い、言いすぎっていうか……」

褒められ慣れていない紅林は、朱姉妹の言葉に、モゾモゾと肩を揺らし頬を染めた。

なんだかむずがゆい。

「朱姉妹は本当、紅貴妃様が好きなのねぇ。見てててすごく伝わってくるわ」

徐瓔がしみじみとした声で、何度も首を縦に振っていた。

「だって、紅林がいなかったら蘭姉はどうなってたか分からないし」

「ええ。恩人を慕い敬うのは当然のことですから。あの時、乞巧奠の宴席で紅貴妃様が、偶然とはいえ転んでくださらなかったら、わたくしは知らずに陛下に毒を盛っていたことになったかもしれませんし」

胸を張って堂々と言われると、やはり照れくさい。

朱香の紅林に対する言葉遣いについてだが、実は以前と変わりない。

宮の外では相応の話し方になるのだが、宮の中では宮女時代のままである。徐瓔の時のように、朱蘭からは色々と修正する必要があると言われたのだが、ずっと隣にいて支えてくれた朱香と壁を作りたくなかった。別に丁寧に喋ること全てが壁だとは思わないが、言葉遣いを変えてしまうのは壁ができたようで、紅林から朱香にそのままでいてくれとお願いしたのだ。

視線を逸らして口先を雀《すずめ》のようにちょこんと尖らせた紅林の愛らしい様子を見て、三人は顔を見合わせて噴き出して笑っていた。

「まったく。後宮にいるのを忘れそうなくらい、赤薔宮《こ》って平和ですよね」

街娘みたい、と片眉を下げた徐瓔も笑い声に加わる。

すると、ひとしきり笑って空気も暖まった頃、徐瓔が「あ、そうそう」と掌《てのひら》を拳でポンと叩いた。

「まあ、紅貴妃様は陛下がいるからもうないと思いますけど、朱姉妹には注意しなきゃって思って来たんだったわ」

徐瓔には、朱蘭と朱香が侍女になってくれたと話した時に、二人が義理の姉妹だということは話してある。

「二人とも、青藍宮周辺の衛兵に気をつけてね」

「青藍宮周辺の？」

「衛兵に気をつけて……って、どういう意味？　槍《やり》で刺されるのかしら」

朱姉妹は息ぴったりに言葉を継いで、一緒に首を傾《かし》げた。

「大きい声じゃ言いにくいんだけど、ここ最近うちの宮の子達、衛兵に熱を上げてる子が多くて」

おや、と紅林は思った。

――これってもしかして、宋賢妃様が言っていたことじゃないかしら。

「別に好きな男をつくることくらい良いと思うけどさぁ。なんだか近頃、皆して色恋の話をするようになって。しかも面倒なのが好きな人が被った時！　ただでさえ、青藍宮は宋賢妃様の機嫌次第で宮の雰囲気が左右されるっていうのに、そこに女同士のバチバチが加わるともう手が付けられないのよ」

いつも逞しく陽気な徐瓔の心底うんざりした声だけで、青藍宮がどんな状況に置かれているのか察せられた。これはいつも強気な宋賢妃も頭を悩ますわけだ。

「青藍宮は仕える女人が多いし、その分周囲を見回る衛兵も多いから、そういったことになりやすいんだね」

「そうそう。同じ宮の中でもこうなんだから、もし他の宮の女と取り合いってなったら、どんなに激しい争いになるか。きっと宮を巻き込んでの全面戦争になりかねないわよ」

「別に、私達は衛兵には興味ないしなあ……ね、蘭姉」

「そうねえ。わたくしも香も、衛兵をそんな目で見たこともなかったわ」

朱姉妹は顔を見合わせ、「ねー」と同じ方向に首を傾げる。こうして見ていると、本当に仲の良い姉妹なのだと分かる。

しかし、徐瓔は両手を上向けやれやれと首を横に振る。

「朱姉妹が興味なくとも、衛兵のほうから声を掛けられでもしたらそれだけで大惨事よ。だから、青藍宮周辺は気をつけてねって言ってるのよ」

「理不尽極まりないけれど理解はしたわ。そちらの宮には近づかないように気をつけるわね。香も気をつけなさいね」

朱蘭は肩をすくめて、いかにも面倒だとばかりに眉を上げた。

「そういう徐瓔は、衛兵との恋愛には興味ないの？　大っぴらには許されたものじゃないけれど、周りがそんなんじゃ自分もってならない？」

周囲がそんな桃色の雰囲気を醸し出していたら、少しくらい影響されそうなものだが。

紅林達三人の目が徐瓔を見つめる。

すると、徐瓔の視線は一度明後日《あさって》のほうへと飛び、再び正面に戻ってきた時は不自然に笑っていた。

「え、えへっ？」

紅林達は一糸乱れぬ動きで、額を押さえ溜息を吐いた。

「ちっ、違うわよ！　私は別に本気じゃなくて、キャッキャしたいだけって言うか！　あの衛兵格好いいわねーって同僚と言い合いたいだけで、恋愛とかましてや結ばれたいなんて願望はないんだからね⁉」

ムキになるところが怪しいが、確かに徐瓔の身の上から言って、罪を犯すような真似《まね》はしないだろう。彼女は病気の弟のために実家への仕送りが必要だ。侍女の俸給を捨ててまで恋愛を優先するとは思えない。

「徐瓔、分かってるとは思うけど、くれぐれも一線を越えたら駄目よ」

「わ、分かってますよ、紅貴妃様。ほんの気分転換ですし」

「徐瓔さん、もし一線を越えそうになったら言ってくださいよ。私が殴ってでも現実に引き戻しますから」

朱香が固く握った拳を見せていた。彼女なら問答無用でやりそうだ。

「……朱香は問答無用でやりそうね」

徐瓔も同じことを思ったらしい。

「それにしても、そこまで加熱していただなんて……」

宮女の頃と違い、貴妃になってから後宮内を歩く機会というのも随分と減っていた。

高位の妃嬪には、後宮内を監督する役目もある。

特に四夫人――ましてや四夫人の中でも最上位の貴妃である紅林は、皇后のいない今、後宮の総監督者でもある。

――ちょっと、首を突っ込んででも対処しないといけないかもしれないわね。

狐憑きが後宮内をウロウロしていたら迷惑になると遠慮していたが、そうも言っていられない。

――関玿の後宮を、昔みたいな嫉妬と策謀がはびこる、池泥《ちでい》まみれの昏《くら》い後宮にしてなるものですか。

袖の中で紅林は拳を握った。

「忠告ありがとう、徐瓔。大丈夫とは信じてるけど、朱姉妹は衛兵に気をつけてね。もし、衛兵や他の宮の女人との間でもめごとが起きそうだったら、すぐに私に言ってちょうだい」

「かしこまりました、紅貴妃様」

「うん！　もちろんだよ、紅林」

それから三人は、門のところまで徐瓔を見送った。

紅林は、目の前で閉じられた扉から空へと顔を上げた。

辰砂国の特使は男ばかりだろう。

そして彼らを、後宮をあげて女人達がもてなす。

「……間違いが起きなきゃいいけど」

ジリジリと肌を焼くような盛夏の陽射しに、紅林は目をすがめた。

3

『辰砂国』――彼《か》の国は翠月国の東に位置し、周囲を荒野と砂漠に囲まれた中規模国家である。

国土は翠月国の四分の一ほどしかなく、昼夜の寒暖差が激しい環境のせいで人々が住める土地は限られている。しかし、決して貧しい国というわけではなく、むしろ翠月国の王都ほどの賑わいと活力のある国だ。

活力の主な源は、辰砂国の立地に由来する。

乾燥した荒野や砂漠が広がる大地の中、オアシスと呼ばれる水源地を抱える辰砂国は、交易の休憩地として発展してきた。というより、オアシスに集まった者達が次第に住み着き、国として成立していったというほうが近い。

様々な国の交易中継地となったことで、辰砂国は実に色彩も文化も人も豊かな国となった。南の国の生地を使った北の国伝統の羽織《はおり》や、西の国の食材を混ぜ込んだ東の国の料理など、全てが渾然一体《こんぜんいったい》となり新たな文化を生み出している。

また、辰砂国自身も国営の商隊を持つことにより、自国で生まれた新たな文化を他国へと広め、中継貿易の手数料だけでなく貿易そのもので国庫を潤わせていた。

もちろん、翠月国と辰砂国との間にも貿易関係はある。

「――それも五年前までは、ですけどね」

皇帝の執務室にやって来た宰相の安永季は、辰砂国に関する色々が記された書類の束をめくり、クマができた目で追っていく。

途中で「あふ」とあくびを嚙み殺し、涙目になっているのはご愛敬《あいきょう》だ。

「随分とお疲れのようだな。少し休んでいくか？」

関瑠は、椅子から見上げるようにして、目の前で直立している安永季の顔を覗き込む。

彼にしては珍しく身体がふらついており、髪の毛もあちこちがはねている。

いつも綺麗にまとめられていた安永季の藍色髪は、今は短く切られスッキリとしている。今回の件で切ったようだ。まとめる時間も手間も惜しいのだとか。

「そうしたいのは山々ですが、そんな時間もありませんからね。辰砂国との貿易復活については、私もさっさと進めたい案件ですし。国の内情を勘案してもですが、後宮からの奏上書も無視はできませんでしたから」

「ああ、景淑妃のか。理由はなんだろうな。欲しいものが辰砂国にあるのか？」

「欲しいもの、という感じはしませんでしたが……奏上書には、辰砂国との貿易の利点や、貿易で使用する商隊についての意見などが書かれていましたね。実に筋が通ったもので、少々驚きました」

「ちょうど辰砂国からも貿易の打診が来ていたから、諾否判断に役立ったな」

「ええ。なので、国営商隊ならば、という条件で交渉承諾を返事しました。おかげで、辰砂国の王族も来られることになりましてね。前王朝のほうが栄えていたなどと思われないように、万全の状態で出迎えませんと。休む暇なんかないんですよ」

五年前まで、前王朝である林王朝時代は、辰砂国とも盛んに貿易が行われていた。辰砂国以外の国との貿易もあった。

しかし今現在、翠月国の貿易は全て止められている。

「あの争乱で、いっとき内政も外交も全てが滞ったからな。その後も俺達はとにかく内政を立て直すだけに注力して、それ以外のことは全て後回しにしてきた」

政治機構が失われ、早急に対処しなければ民の大半が流民になりかねない状況で、他国へ気を回している余裕などなかった。

「おかげで、わずか五年でここまで民の生活も国力も戻ってきたのですがね。陛下もよく頑張られましたね」

さすがに林王朝最盛期とまではいかないが、それでも末期よりかははるかに良い国情だ。

「とは言っても、ほとんどお前や各部省の官達が踏ん張ってくれたおかげだがな」

あの頃は、皆剣を慣れない筆へと持ち替え、人手もとても足りなかったから平民でもなんでも使える者には役職を与えて使い絞り、腐って折れかけた柱を補強しつつ新たなものへとすげ替えるのに、とにかく全員必死だった。

「あれならまだ林王朝の禁軍と戦っていたほうが楽だったな……」

思い出した地獄に、関玿は天井を見上げ遠い目をした。思い出しただけで疲労が両肩にのしかかり、ズンと背が丸くなる。

しかし、安永季が書類の束に手をバシバシと打ち付ければ、猫が驚くように関玿の肩も跳ね上がり背筋がまっすぐに伸びる。

「はいはい！　現実逃避しないでください。そんな猶予はありませんって。王朝は変われども、翠月国自身の大国としての威厳は守り通さねば。二国間交渉は、侮られたほうが負けなんですから、特使の前ではそんな顔なさらないでくださいね！」

安永季は手にしていた書類の中から一枚を抜き取り、関玿に手渡した。

「その方が、今回特使として来られる王族の方です」

関玿は文字を目で追いながら呟く。

「赤王維《せきおうい》……太子か。王太子ではないのか？」

「ええ、王太子の位には彼の弟君《ぎみ》が就いています」

「弟？　わざとか？　あそこはここと違って、一夫一妻制の長子相続だったと聞いているが」

「ええまあ、そうなんですが。噂《うわさ》では、王維殿下は、王が王妃の侍女に手を出してできた庶子だとかで……。一応、公には王妃の子とはされていますが、公然の秘密のようなものらしく」

「なるほどな」

手渡された書類には、赤王維について容姿や日頃の行動などが、事細かに記されていた。

「しかし、王太子ではありませんが、とても頭が切れる方という話です。内政に直接参与はしていないらしいのですが、国営商隊を管理しているのは彼のようで、商隊だけでなく民にも人気のある太子だと。変わり種ですよ」

どこの国も、王族の扱いは大して変わらない。

継承権のない太子は、封地――与えられた土地――を治めるのが役目となる。

王宮に成人した太子が残っていると、継承権を巡って争いが起きることが多いのだ。だから、成人した太子にはさっさと土地を与え中央の政から離す。見知らぬ者に治めさせるより、同じ王族に治めさせたほうが安心という理由もあるが。

しかし、この赤王維という太子は、国営商隊の管理をしているということで、中央でそれなりに大きな権力を持っていると思われる。

辰砂国という貿易立国において国営商隊の権利を持たれて、彼の国の王太子は危機感を覚えないのだろうか。

——まあ、他国の事情など文字だけで分かるはずもなし、考えるだけ無駄だな。それよりも……。

「二十か……というと紅林と同じ年だな」

ふむ、と黒い文字群に目を通しながら関玿はふと気になった。

「辰砂国は林王朝とは懇意だったたんだよな。もしかして、今回のように特使が訪ねてきたこともあったんじゃないか？」

「ええ、もちろんですよ」

安永季は手の中の書類をめくる。

「いくつもある貿易相手国の中でも、辰砂国は特に太い相手だったようで。年に数度は特使がやって来ていたみたいですね。今回の歓待の酒宴も、当時の記録が残っていたので参考にしています」

「そう……か」

口元を手で覆い、歯切れの悪い返事をする関玿に、安永季が首を傾げる。

「何か心配事でも？」

しかし関玿は「いや」と答えたきり、脳裏に浮かんだ『心配事』は口にせず飲み込んだ。

「それと、今回の歓待の酒宴ですが……やはり紅貴妃も出されるのですね」

安永季の顔には、野草を嚙んだ時のような、はっきりとした苦さが浮かぶ。

「さすがに王族が来るというのに、妃を出さないわけにはいかないだろう。皇后がいたのなら話は別だが、不在の今四夫人を出すのが常道だ。ましてや紅林は貴妃だからな。よっぽどの理由がないかぎり不在は許されんだろうさ」

「それは理解できますが、酒宴に臨席するのは特使だけではありませんし……」

関玿は、安永季が何をこんなに心配しているのか分かっていた。

「俺も、できれば紅林を表には出したくなかったさ。紅林に後宮をまとめさせ、その実績でもって朝廷官達に認めさせようと思っていたんだが……まさか、こんなに早くお披露目することになるとはな」

翠月国では、白を身体の一部に持つ者は不吉とされ、狐憑きと呼ばれ忌まれてきた。紅林の白い髪などはまさにそれであり、後宮の者達からは距離を置かれている。今ではそれも随分と慣れてきてはおり、紅林の姿を見て驚く者はもういないが。

だが、後宮の外――政の場である『外朝』となるとどうだろうか。

紅貴妃という名は知っていても、官吏達は後宮妃など見たことがないのだ。

本来、四夫人が入宮する時や封じられた時は、相応の祝儀が催されるのだが、後宮を拒んでいた関玿は全てを拒否した。

紅林の時は彼女がしてくれるなと言った上、お披露目などしたら反発のほうが強いと関玿も分かりきっていたため、密やかに貴妃に昇位させただけとなった。

「だが、いつかは伝えなければならなかったことだ。どうせ後宮の衛兵や内侍官には知られていることだし、いつまでも隠しとおせるものでもない。今回、紅林が上手く後宮をまとめあげてくれれば良いんだが……」

「もしくは、特使達からの評判が良いなどですかね」

「まあ、酒宴には俺もお前もいるし、何かあれば助けるつもりだ。俺も注意するが、お前も意識して紅林を見ていてくれ」

「あなたの大切な方ですからね。もちろんですとも」

関玿が口角をわずかに持ち上げると、安永季は両肩を持ち上げた。

ひとしきり歓待の宴や貿易に求める条件などの話が終わったあと、関玿はいそいそと席を立つ。

「さて、ではもう報告ごとや俺の必要な決裁はないな？」

安永季が戸惑いがちに「ええ」と頷く。何をそんなに急いでいるのだろうといった表情だ。

「それじゃあ、後宮に行ってくる。それと、今夜も俺は寝宮に泊まるから」

関玿は長牀に掛けてあった羽織を引っ掴むと、時間も惜しいとばかりに歩きながら羽織った。

「あ、永季。お前は少し休んでいけよ。ここなら滅多なことじゃ人は来ないしな。倒れられたら元も子もない」

実に優しさに満ちた言葉なのだが、安永季の顔はまるで輝かない。それどころか、彼は眉をキュッと寄せ、関玿に咎めるような視線を向ける。

「……最近、少々後宮に通いすぎではありませんか」

「なんだ、前はことあるごとに後宮へ行け行けうるさかったじゃないか。行ったら行ったで今度は行くなとは……面倒だな、お前。そんなんじゃ女人からも愛想尽かされるぞ」

「くっ……自分が結ばれたからってえっらそうに」

安永季の、クマが鎮座した下瞼がヒクヒクと痙攣する。

「なんだって？」

「なんでもありませんよ！　というか、私は紅貴妃の身体の心配をしているのですよ」

紅貴妃という言葉に、外へ半ば出かけていた関玿の足が止まり、部屋の中に戻ってくる。開いていた扉もじわりと閉められ、次の瞬間、部屋は妙な冷気に包まれた。

いったいどこから、と部屋を見回す安永季に、出所である彼が口を開く。

「お前……まさか、俺の紅林の裸体を妄想しているんじゃなかろうな」

「は、はぁ⁉」

冷気と共に、地の底から響いているような低く獰猛な声をぶつけられた。

「今すぐ不敬罪で罰してやろうか」

黒い前髪の下から、関玿の赤い目が射殺さんばかりの凶暴な光を放つ。本気か冗談か分からない、いやほぼほぼ本気だろう殺気を向けられ、安永季は短くなった己の髪を両手で掻き乱した。

「勘違いも甚だしいですよ！　というか、まず私だとて好みというものがありますから！　もっとこう、垂れ目の温和な人妻のような色気のある女人とか！」

「なんだと失礼はどっちだ！　俺の紅林がこの世で一番に決まっているだろう！」

「どう答えたら正解なんですか⁉」

女嫌いを発症していた時も困ったが、これはこれでまた面倒くさすぎると、安永季は顔を覆った手の下で盛大に長嘆した。

正直、安永季はこのまま放っておきたかったが、関玿の浮かれた様子を見て紅林が心配になったのだ。

初夜以降、関玿は毎夜、紅林を寝宮に呼んでいた。

「受け入れる側の女人の身体は男のそれとは違うのですから、時には休ませる必要があると言っているのです。ましてや、体力化け物の陛下の相手となると憐《あわ》れでなりませんよ。大丈夫ですか？　嫌だって泣かれていませんか？」

「そっ、そんな泣いてな、ど……」

関玿の脳内に、めくるめく夜伽の光景が呼び起こされる。

瞳いっぱいに溜《た》めた涙が、彼女が嬌声《きょうせい》と共に仰《の》け反《ぞ》るたびに流れ落ちていく。いやいやと口にはしつつも、彼女の手は縋《すが》るように自分の背中に爪を立ててしがみつく。ぞくり、と昨夜負った背中の傷が疼《うず》いた。

「…………」

関玿は口をキュッと結んで、しれっと安永季から顔を逸らした。

安永季は眉を持ち上げ、湿度が高い目つきで関玿を眺める。形勢逆転である。

「本日はご自分の寝所で寝てくださいね、陛下。紅貴妃のためにも」

最後の部分の語気を強めて言えば、さすがに彼女のためと言われ反論できないのだろう、関玿は渋々とだが「少し自重する」と頷いたのだった。

4

辰砂国からの特使団が到着したその日、関王朝の王宮はかつてないほどの緊張と興奮に包まれていた。

関王朝としては初めて正式に迎え入れる他国の者達である。

行列を成した特使団はざっと見ただけで百名ほどおり、他国の使者を招くための霊明《れいめい》殿《でん》へ、通路の両側に整列した衛兵達から見守られ粛々と進んでいく。

列の中には布をかけた荷車があり、車輪が硬い石畳を踏むと荷台の中でカシャンカシャンと音がする。中には樹木だろうか、人の背丈よりも高くなった荷車もあり、貿易品の見本か、もしくは挨拶の品だろうことが窺えた。

ただそうすると、朝貢でもないのに用意された十数台という荷車はあまりに多く、今回の外遊に込めた辰砂国の熱意がいかほどか、充分に推し量られる。

行列の先頭、明らかにひとりだけ他の特使とは趣の違う、褐色肌の男がいた。

首が詰まった白い衣の上にこれまた白い胡服《こふく》を纏い、際立つ柿色の帯で締めた弁柄色《べんがらいろ》の長袍《ちょうほう》を軽やかに靡《なび》かせている。腕には金刺繍《きんししゅう》の入った黒手甲をして、さらにじゃらじゃらと貴石が連なった腕輪や首飾りなどで全身を飾り立てていた。

他の者達が皆、飾り気のないくすんだ榛色《はしばみいろ》の胡服を着ている中、男の格好は誰よりも目を惹《ひ》いている。

その光景を、霊明殿の中に設えられた玉座から関玿は眺めていた。

否《いや》が応《おう》でも視線を奪われる先頭の男こそが、辰砂国太子の赤王維だろう。

夏日に照らされても汗ひとつない涼しげな顔には、頭上の青空をそのままはめ込んだような瞳が並び、褐色の短い髪が風に柔らかく揺れている。

荷車を基壇の下に残し、先頭にいた赤王維を含めた数名だけが階《きざはし》を上りやって来た。

叩頭《こうとう》した一行に、関玿が声を掛ける。

「よく参られた、辰砂国の特使の者達。私が翠月国関王朝初代皇帝だ。顔を上げて楽にされよ」

ひんやりとした霊明殿の中へと入ることができ、顔を上げた特使達は額に滲んだ汗を拭いたり、深呼吸したりしてそれぞれに涼を享受していた。

しかし、やはり王維はけろっと涼しい顔をしていて、関玿に微笑を向けている。

「このたびは、我々特使団を受け入れてくださり、関陛下には誠に感謝申し上げます。私は、今回の特使団の団長を務めております赤王維でございます」

「王維殿は辰砂国の太子とも聞いているが」

「左様に。お見知りおきくださり光栄に存じます」

王維は、にっこりと口元に描いていた弧を深くした。

「我が辰砂国との貿易は、必ず御国をさらに豊かにするものとなりましょう。決して損はさせぬつもりです」

「それは楽しみだな。ひとまず到着したばかりで仕事の話とは味気ない。辰砂国の者達は、交渉終了まで王宮に留《とど》まることを許可しよう」

「ありがたき光栄」

「今夜は歓待の酒宴を予定している。それまでは用意した客殿でゆるりとされるが良い」

はっ、と短い返事と共に王維は深く叩頭する。

関玿は席を立ち、霊明殿の後方から出て行く。その際、最後にチラと王維に視線をやれば、彼はちょうど顔を上げるところだった。

見えた表情に、関玿は口の中で「ほう」と呟く。

彼は関玿がいなくなった場でもまだ淡く笑っていた。

笑みを絶やさぬ、人が良さそうな男――それが関玿が王維に抱いた印象である。

しかし、『一度も目は笑わなかったな』と関玿は思った。

◆

歓待の酒宴は、こんなに宮廷が賑やかなのは関王朝ができてから初めてではないかと思われるほど、鮮やかに煌びやかに、騒がしく小気味よく行われていた。

日頃、王宮の最奥に秘されている美しい女達が酌をし、宴殿の中央では軽やかに舞い踊り、会話に花を咲かせている光景に、宮廷官や朝廷官だけでなく普段は厳《いか》めしい顔をしている武官すらも、鼻の下を伸ばしている。もちろん、酒宴の主賓である辰砂国の特使達の表情も大差ない。

どうやら、美しい女人に気を緩めてしまうのは、どこの国でも同じなのだな――などと思いながら、紅林は関玿の隣で酌をしていた。

宴殿の前方は深いおどりばが階段状になっており、一番下は宮廷官や辰砂国の特使団が座っている。床から一段高くなった中段には宰相と朝廷官、そして特使団のうち主立った者が幾人か並び、最上段には皇帝である関玿と特使団団長の王維の二人が並んでいた。

合わせて、女達も位階に見合った相手について酌をする。

関玿は当然のごとく隣に紅林を置き、李徳妃と景淑妃は中段で特使の相手についている。

そして宋賢妃はというと、宣言通りしっかりと王維の隣に陣取って、後宮でいつも響かせている喧々《けんけん》とした声とはうらはらな、しっとりと角の取れた声で王維を楽しませていた。

媚びを売る間延びした声音でも、可愛がれとばかりの甘えをチラつかせた話題でもなく、翠月国の風土や名産品など、外交特使である王維が興味ありそうな話題を選んで会話を盛り上げている。

このような話し方もできるのだと、紅林は少し宋賢妃を見直した。

――てっきり、チヤホヤされるのが好きなだけの人かと思っていたけど……。

これならば、王維の相手を任せておいても問題ないだろうと胸をなで下ろす。

しかし、安堵の表情もすぐに緊張を湛《たた》えたものへと戻る。

――それよりも……。

この中で一番の問題は、宋賢妃よりも誰よりも紅林の存在《自分自身》だった。

今は演舞の騒がしさと艶やかさに、皆の目は宴殿中央に奪われ、酒が入ったことで思考力も鈍り、よくあるどんちゃん騒ぎとなっている。

だが、後宮女人達を従えて先頭で紅林が宴殿に踏み入った時は、男達全員の息が止まってしまったかのように静かなものだった。

動揺と困惑と懐疑——負の感情の全てがない交ぜになって、宴殿を満たしていた。

辰砂国の者達は空気の変わりようを察知し、何かあったのかとオロオロとしていた。白髪が忌まれる理由は、翠月国の歴史に由来するもののため、他国では意味を持たないと聞いたことがある。きっと、官吏達が何に瞠目《どうもく》しているのかすら、理解できていなかっただろう。

下民に身をやつしていた時や後宮に入った頃、様々な目を向けられすっかり慣れたものと思っていたが、やはり何百という目をいっせいに向けられては少々怯《ひる》んでしまう。

そうして、紅林の足が宴殿の半ばで止まりかけた時、関玿の声が彼女を救った。

『紅貴妃は私の隣に』

彼は当たり前のように『貴妃』と呼び、視線の泥濘《ぬかるみ》からすくい上げるがごとく手を差し伸べてくれていた。おかげで、紅林は途中で足を止めるという失態を犯さずに済んだのだ。

関玿の元にたどり着くまで、『まさか本当にアレが貴妃だと』『狐憑きではないか』『よりにもよって貴妃とは』などと言うヒソヒソ話が聞こえたりしたが、紅林はただ関玿だけを見据えて、宴殿の中央を堂々として歩ききった。

——きっと、明日には朝議の議題に上ってそうだわ。

下段の宮廷官達の視線は単純に驚きのものが多かったが、中段の朝廷官達の視線は単純な感情というよりも、明らかに『狐憑きを貴妃にしたことで起こるこの先の問題』を見据えた上でのものばかりだった。

中には、尻目で背後の関招を批難がましく見ている者もいた。

——覚悟はしていたものの、やっぱり私は関招の迷惑にしかならないのね。これで皇后だなんて、無理な話よ。

思わず、酌をしていた手も止まる。

すると、宴殿に蔓延《まんえん》している愉快な雰囲気とは相反する空気を纏わせる紅林に、関招が声を掛けた。

「大丈夫だ、紅林。最初だから皆驚いているだけだ」

皇帝ではなく関招の言葉遣いで囁かれ、パッと紅林の顔が跳ね上がる。

「俺は諦めていないからな」

視線が合えば、赤い瞳を柔和に細められた。

「ど、どうして……っ」

考えていることが分かったのか、と紅林が目を丸くして訴えれば、関招は笑みを深くしてまた紅林の耳元に口を寄せる。

「心から好いた女のことだ。分かるに決まっている」

「ひゃッ！」

直球な言葉にドギマギしていたら、最後に耳に口づけされてしまった。

紅林は、酒宴に似つかわしくない声が出た口を、慌てて両手で塞ぐ。真っ赤な顔でふるふると肩を震わせながら関玿を睨み付ける。

「かっ、関玿！　立場と場所を考えなさいよ！」

ヒソヒソ声の中で最大の怒声を発するも、関玿は「悪い悪い」と腹を押さえて笑うだけだった。

「全然悪いなんて思ってないでしょ！」

と、これまた紅林がヒソヒソ怒声を落とせば、いい加減うるさかったのか、前段に座る李徳妃に睨まれてしまった。

恥ずかしさでいたたまれなく、紅林は視線から逃げるように顔を横に逸らしたのだが、その先で王維と目が合う。

前髪が額の真ん中で分けられ、眉の些細《ささい》な動きまでしっかりと見える。彫りが深く目鼻立ちのはっきりした綺麗な顔だ。

水面を思わせる二つの淡青色の瞳が、ゆらゆらと揺れながら紅林を見つめていた。

──目が合ったってことは、私を見ていたってこと？　何か用があるのかしら。

しかし、王維が紅林に話し掛ける様子はない。

紅林は内心で疑問に思いながらもとりあえず大切な客人だと、失礼にならぬよう笑みを返した。しかし、彼から笑みも言葉も返ってくることはなく、ちょうど宋賢妃が話し掛けたこともあり、彼はふいっと反対を向いたのだった。

酒宴も終わり、女達がそれぞれの長官や妃嬪に監督されながら後宮へと戻っていく中、紅林は「貴妃様」と聞き慣れない声に呼び止められた。

振り向けば、闇夜の中に立っていたのは青い目をした青年——王維だった。

「陛下より伺いました。此度《こたび》の酒宴は貴妃様が取り仕切ってくださったのだとか。美女による歌舞音曲は、長旅の疲れも癒えるというもの」

拱手《きょうしゅ》する彼の姿は、着ているものが翠月国のそれとは違い、袖が少し短くなっているため重ねた手が丸見えで、まるで武官のような雄々しさがあった。

紅林は拱手ではなく笑みを返す。

大国の貴妃として侮られないよう、しかし高圧的にはならないよう、細心の注意を払う。

「喜んでいただけたのでしたら、催したかいがありましたわ。後宮の皆にも殿下の言葉を伝えておきます。きっと皆も喜ぶでしょう」

「細やかなお心遣い、重ねて感謝申し上げます」

拱手から顔を上げた王維は表情を緩めていた。

その表情を見て、紅林は『ひとまずは上手くいったわね』と全身を達成感が満たし、肩の荷も下りる。

「しばらく王宮に滞在されると伺っております。お話し相手が必要でしたらいつでもお声がけください。内侍省を通せば後宮の者と会うのも許容されておりますから」

では、と社交辞令を口にして紅林は軽く膝を折ると、背を向けて立ち去ろうとした。

が、グイッと肩を男の力で摑まれ、強引に後ろへと引き寄せられてしまう。

「え……っ⁉」

予想外の力に驚きの悲鳴を漏らした次の瞬間、耳元に人の息遣いを感じた。

「あなたの正体を知ってますよ――」

ボソリと呟かれた言葉に「え」と、みるみる紅林の双眼は見開いていく。

「――林紅玉」

今にも黒い瞳がこぼれ落ちそうな紅林の横顔を見て、クスと王維が笑った。

【二章・関王朝の繁栄の陰で】

1

「いったいどうなってるのよ……っ」

夜もふけ、紅林《こうりん》は自らの寝所にもぐりこんだものの、先ほどの王維《おうい》の言葉がグルグルと頭の中で反芻《はんすう》してまったく寝られない。

『あなたの正体を知ってますよ、林紅玉《りんこうぎょく》』――耳元で囁かれた王維の言葉に紅林が反応を返すより早く、彼は背を向けて立ち去っていた。

「こういう日こそ、関玿《かんしょう》がいてくれたら余計なことを考えずに済むのに――って！　これじゃ、私が関玿とのあれやそれやを望んでるみたいじゃない⁉」

がばっと掛布を頭の先まで被り、ジタバタと恥ずかしさにもだえる。朱姉妹がいたらきっと「あらあら」と生温かく笑われていたに違いない。

ひとしきり掛布の中で暴れ少しは気持ちが落ち着いてきたところで、紅林は夜着を整えて掛布を顎の下までおろす。

「……冷静に考えて、余計なことじゃないわ。この件は絶対考えなきゃならないのよ」

そうだ、現実逃避している場合ではなかった。

「どうして辰砂国《しんしゃこく》の人が、私の本当の名を知っているのかしら」

それは、かつての紅林の名。

林王朝最後の皇帝の公主だった時の名。

林王朝は民の反乱にあい滅んだ。反乱の際、王宮は大火に包まれ主立った官吏は死に、後宮にいた者達は、林王朝の大奸臣・桂長順《けいちょうじゅん》の策謀により全員亡くなった。

桂長順は姿と名を変え、関王朝の官吏として生き延びていたが、それも先日紅林と関玿により正体を暴かれ刑に処せられた。

これで紅林の正体を知る者は関玿以外にいなくなった――と、安堵していたところでこれだ。

いつかばれる日が来るかもとは思っていたが、正直まさかこんなに早く、しかも他国の者にというのは完全に想定外である。

関玿に相談すべきかとも考えたが、初めての外交で忙しい時に余計な心配事を増やしたくなかった。それに相談するにしても、せめてもう少し状況が明らかになってからではないと、関玿も動きようがない。

「なんの意図もなく、わざわざあんなことを言ってくるわけないわよね」

では、なんの『意図』がそこにあるのか。

周囲に言いふらすわけでもなく、わざわざ本人に伝えてくるとは。しかもそこで脅迫するわけでもなく、知っていることだけを伝えて去って行った。

彼の行動がまるで摑めない。

去り際の王維を思い出す。

赤味が強い茶色の短髪と浅黒い肌。大陸中央部の者達に共通して見られる特徴で、翠《すい》月国《げっこく》では目立つが、辰砂国であればよくある容貌なのだろう。

しかし、平凡ではない。

青い瞳を意味深に細め微笑を残して去って行く姿は、常人には決して出すことができない神秘的な圧があった。見た者の記憶に無理矢理焼き付けるほどの。

「下手すると、関玿の表側にまで迷惑をかけかねないわ」

紅林は唇を嚙んだ。

皇后になるならないの話ではなく、自分ならば大丈夫と信じてくれている関玿の想いに対して、申し訳なくなってしまう。

歓待の酒宴を終え、ひとつ荷が下りたと思ったのに、下りた荷よりもはるかに巨大な荷が降ってきた。

しかも捌《さば》き方を間違えれば、王宮内が波乱に満ちるという危険なもの。

「……っ考えなきゃならないことは他にもあるのに、どうしてこんな時に限って」

その夜、紅林は横たわってはいたもののほとんど眠れなかった。

◆

朝食すらまともに喉を通らず、朱姉妹に体調が悪いのかと心配されるのを、紅林は「まだ昨夜の酒が残っていて」とはぐらかしつつ、内侍省に用があるからと宮を出た。

当然のように供として朱姉妹もついてこようとしたのだが、紅林は二人にはやってほしいことがあると言って赤薔宮《せきしょうきゅう》に留めた。

赤薔宮の侍女は朱姉妹二人だけだが、出入りする女官の多さは他の宮と大して変わりない。朱姉妹には、出入りする女官達が衛兵と特別親しげではないか、怪しい行動をしていないかの見張りを頼んだのだ。

内侍省を訪ねるのはその件でということを伝えれば、二人は協力すると素直に宮に残ってくれた。報告をしている裏で、当人の宮の綱紀も乱れていたとあっては、貴妃の面目は丸つぶれになる。

――まあ、嘘《うそ》ではないしね。

実際紅林は、内侍長官に後宮の中で起こっている男女問題について報告を行い、特にこの件で頭を悩ませている宋賢妃《そうけんひ》のところ――青藍宮《せいらんきゅう》の衛兵は、頻繁に交替させるよう伝えた。

紅林の話を聞いた内侍長官は、窓の外に見える後宮を眺めながら、カチャカチャと左目にかけられた片眼鏡の位置を正していた。

神経質なのか眼鏡が合っていないのか、何度も片眼鏡の位置を調整しては、短い眉をギュッと中央に寄せている。

「かしこまりました。もしかすると、相手は衛兵だけに限らないかもしれませんね」

「それはつまり、内侍官の中にも女人と親しい関係を築いている者がいると？」

「恥ずべきことですが、可能性がないとは言い切れませんから」

内侍長官は若く見えるが、話し方や目尻を見るかぎり、おそらく三十くらいだろう。直立する姿は、よく研がれた槍のような鋭さがある。

「どうやら前任の長官は、あまり内侍省内部には興味がなかったようですね。着任した時、僕は間違ってド田舎の村塾に来てしまったのかと思いましたよ。言われたことしかやらないのなら、子供と変わりません」

彼は腹立たしそうに鼻を鳴らすと、肩口から胸元へとさがっていた太い三つ編みを、手で背中へと払った。

彼――『夏侯《か》偱《こうしん》』は、桂長順と共に罰せられた先代内侍長官であった円仁《えんにん》に替わって任じられた、新たな内侍長官だ。

「まあ、僕が来たからには内侍官の不正も怠慢も許しませんがね。後宮の番人である内侍省が腐敗していたんじゃ、元も子もありません」

三白眼の目が、後宮を睨むようにきゅうとすぼめられる。

「もちろん、許さないのは内侍官だけでなく、後宮にいる者全てにおいてですが」

直線的な目の縁を小さな瞳が滑り、冷ややかな横目を向けられる。

おや、と紅林は思った。

──今度の内侍長官は、もしかしたら期待できるかもしれないわ。

昔の宦官ほどでないにしても、内侍官は後宮妃を通して権力に近い場所にいる。だからこそ彼らは後宮問題には下手に首を突っ込まず、後宮妃の言いなりになり、鼻薬を利かせてきた者にだけ便宜を図り保身に走るのだ。

──林《りん》だろうが関《かん》だろうが中の人間が変わろうが、権力に近い場所では結局、皆そうなってしまうのよね。

実際に窃盗事件の時、内侍長官の円仁が主犯だったことを除いても、内侍官はまったく動かなかったのだから。

しかし、彼ならば、ぬるま湯にどっぷりと浸《つ》かりきった内侍省を変えてくれるかもしれない。

いや、それだけではない。

彼は『後宮にいる者全て』――つまり、後宮妃相手ですら容赦しないと言ってのけたのだ。後宮妃である紅林を目の前にして。

ついつい、紅林の珊瑚色《さんごいろ》の唇がクッと弧を描く。

正直、皇后ほどの権力を持たない貴妃位では、後宮をとりまとめるのに限界がある。四夫人の権力がほぼ同等であり、そうなると四つの頭を持つ蛇と同じで、どうしても後宮の舵取《かじと》りが鈍くなってしまうのだ。

だがそこで、第二の後宮監督役である内侍省の力が得られるのならば心強い。

どちらかが掣肘《せいちゅう》するような関係でいるより、手を取り合ったほうが今の後宮の舵取りはしやすい。特に彼となら上手く手を取り合えそうだ。

「内侍長官様、どうぞ後宮の綱紀粛正のためのご助力を願います」

夏侯俔は紅林の拱手姿に片眼鏡の奥で瞳を点にしたが、それも一瞬、すぐに拱手を返して紅林よりも深く頭を下げた。

「紅貴妃《こうきひ》様は、唯一陛下自ら選ばれた妃。どうか、陛下の意思を無下にされることがないようにお願いします」

暗に、貴妃位に相応しくない真似はするなよと釘を刺される。

夏侯俔の態度と言葉が少々嚙み合っていないのは、まだ値踏み中といったところだからだろう。

——誰彼構わず懐かないのも信用できるわ。

紅林は、思わぬ収穫があったものだと目を細めて、自分よりも深く下げられた夏侯俍のつむじを眺めていた。

「それで、内侍長官様。実はもうひとつ頼みたいことがありまして——」

彼の顔が上がるのを待って、紅林は本題を切り出した。

◆

内侍官や衛兵などの後宮関係者以外の男が、後宮へ立ち入るのは禁じられている。

しかし、後宮門の傍に建てられた内侍省建屋の中であれば、内侍省へ申し出れば接見が許されており、よく妃嬪の父親などが娘に会いに来ていたりする。

内侍省建屋には内侍官が多く詰めているということもあって、後宮の内側にありながら唯一外と繋《つな》がれる場所であった。

建屋は後宮門と同程度の高さを誇り、一階が主に内侍官達の仕事場で、二階は接見のために空き部屋がいくつか用意されている。

空き部屋と言っても、何もない倉庫のような場所ではない。

しっかりと後宮という場所に恥じない程度の質の卓と椅子が設えられ、麒麟《きりん》や鳳凰《ほうおう》などの瑞獣《ずいじゅう》が描かれた衝立《ついたて》もあり、入り口からの視線を遮ることができる配慮もなされている。梅やウグイスをかたどった窓飾りが円窓にはめ込まれ、壁際に置かれた飾り棚には、白磁の花瓶に真っ青な竜胆《りんどう》が一輪挿してある。生《い》けた者は良い趣味をしている。

そんな部屋で今、紅林はひとりの男と対面していた。

「お忙しい中、お呼び立てして申し訳ありません」

紅林は、対面に座る赤茶けた髪した男へと瞼を伏せ、一応の謝意を示す。

「陛下との会合は……」

「翠月国との話し合いは昼からですよ。俺と違って関陛下は朝議や国の政務もありますから。むしろ話し相手が欲しかったので、ちょうど良かったです」

そこでようやく、紅林は「それで」と男へと目を向けた。

謝意を表していた目が、仇《かたき》を見るような鋭いものへと変わる。

「王維殿下、昨日のあの発言はどういった意味でしょうか」

紅林が夏侯俍に頼んで呼び出してもらったのは、王維だった。

彼は顔を巡らし、部屋の中を興味深そうにまじまじと眺めている。

「まさか、後宮内に入れてもらえるなんて思いませんでした。それにしても本当に女の花園なんですね。ここに来るまでにチラッと奥のほうが見えましたが、辰砂国の王宮ではあり得ない女の人の数だ。ほら、うちは一夫一妻制なので」

「殿下」

「はい、何か？」

問いをまるで無視する王維に、紅林はただでさえ猫のように跳ね上がった目尻をさらに尖らせ、厳しい顔を向ける。

対して、王維は頬杖で上向いた顔から見下ろすように、のどかな眼差しを返す。余裕が見てとれるのは、彼がこちらの秘密を知っていると思っているからか。

紅林は口元が引きつりそうになるのを耐えながら、コホンと小さく咳払《せきばら》いをした。

「ですから、昨日のことについて王維殿下は——」

「王維と呼んでください。殿下もいりません。敬語も、あなたに使われるのは不愉快だ」

話を遮られ、とうとう紅林の眉間にぎゅっと皺《しわ》が寄る。

「他国の太子に対して、そのようなわけにはいきません」

「その太子である俺が良いと言ってるんですよ。どうぞ王維と」

しようもないことで話の主導権を奪われ、紅林の心情は警戒よりも不快のほうが増していく。

正直、呼べと言われて素直に呼びたくないのだ。それに敬語が不愉快ならば、敬語を使ってやろうという気にしかならない。こちらは、もう充分と不愉快な状況に置かれているのだから。

紅林は拒絶を表すように、膝の上で握った拳に視線を落とした。

すると、向かい側でカタッと音がした――と思った次の瞬間、紅林の耳元でくすぐるような低い声がした。

「素直に言うことを聞かないと、あなたを林紅玉と呼びますよ」

「――っえ⁉」

「ああ、それとも親しげに紅玉……とでも呼んだほうがよろしいでしょうか」

驚きに顔を逸らそうとしたら、反対側から頭を押さえられ彼の唇が耳に触れる。

王維は卓に膝を乗せて、身を乗り出していた。

「ねえ、紅玉……どうしようか？」

彼の掠《かす》れた声が直接耳の奥を震わせ、そのくすぐったさが紅林の脳を痺れさせる。

離れようとして手で彼の腕を押し返してみるも、びくともしない。

卓越しの不安定な体勢だというのに、王維には余裕があるようで、紅林の抵抗すらも楽しそうにクスクスと笑っていた。そしてまた、その笑声が紅林の耳を刺激する。

「や、やめ……っ」

口を近づけられたほうとは反対側の耳は、押さえるだけでは飽き足りないのか、王維の手指がなまめかしく撫ではじめる。

——これ以上は……っ。

紅林は渾身《こんしん》の力を両腕に込め、思い切り、今度は肩を押し返した。

「——っやめてください！」

すると、手応えこそなかったものの、耳元にあった王維の存在感は消えた。どうやら彼は自ら後ろへと退いたようで、目が合えば勝ち誇ったような笑みを口元に浮かべられる。

「人違いです、王維殿下！　私は林紅玉ではなく紅林です！」

王維は、腰を落とすようにして椅子に座り脚を組んだ。

「いや、あなたは林紅玉ですよ。俺があなたを間違えるはずがない」

その変に堂々とした態度が、彼がかまをかけているのではなく、確信を持って自分を林紅玉だと断定しているのだと伝わってきて、ますます紅林を混乱させていた。

——ど、どういうこと……っ。

まるで過去に会ったことがあるような言い方ではないか。

「あなたが過去を忘れたと言うのなら、俺が何度でも呼んで思い出させてあげましょうか」

「はあ!?」

「林紅玉、ねえ、林紅玉。林王朝皇帝であった林景台《りんけいだい》陛下の公主様で、媛貴妃《えんきひ》様の娘で、控えめな仮面を被った才媛の林紅玉」

「……っ！」

背筋に冷たいものがツーと流れ落ちた。

彼は間違いなく、公主時代の自分を知っている。

しかし、そこで素直に折れてやらないのが紅林である。

「このような醜い髪色の者が、林王朝の公主にいたという話は聞いたことがありません。やはり勘違いでしょう」

ふん、と彼の鼻で嗤《わら》う音が聞こえた。

「あなたは本当に強情だなあ。確かに昔とは髪色が違いますね。昔は確か黒だった。だが……髪色が変わろうと確かにあなたは林紅玉だ。この俺があなたを間違えるはずないんですよ。それに、俺はその白亜の髪を醜いだなんて思いませんが？　朝焼けにたなびく白雲のように優雅な色だ」

紅玉時代の髪色までしっかりと把握されているのか。

これ以上のはぐらかしは話が進まないと、紅林は白旗をあげることにした。

「……何が望みなの、王維」

腹をくった紅林は、やっと彼の望む言葉を口にする。というよりは、一刻も早くこの不可解な状況をどうにかしたかった。

せめて彼の目的が分からないことには、どうすることもできない。

「やっと呼んでくれましたね、紅林」

「自らの意思ではないけどね。それよりも、私はあなたの望みを叶えたわよ。今度はあなたが私の望み……質問に答える番じゃなくて？」

貴妃としての威厳だけは失わないよう、努めて紅林は冷静に振る舞う。

はたしてどのような要求をしてくるのか。

——外交交渉で辰砂国が有利になるように便宜を図れ……ってところかしら。

交渉で相手の弱みを突いて有利条件を引き出すことなど、定石中の定石である。

自《おの》ずと紅林の表情が苦々しいものになる。

つまり自分は、関玿の弱みにしかならないということだ。今回の接遇の酒宴は成功だったと言えよう。しかし、これはその成功を霞《かす》ませるほどの問題事である。

いったい、自分はどこでヘマをしたのか。間違いを犯してしまったのか。

「俺の望みなんかひとつだけですよ」

「ねえ、紅林」と、ゆっくりと王維が口を開く。

「妻になってください」

息が止まった。

紅林の薄く開いた口からは詰まった音が漏れるのみ。

「聞こえませんでしたか？　あなたは俺の妻になるんですよ」

王維の言葉がようやく紅林の脳へと浸透し、徐々に王維の言葉の意味を理解しはじめる。紅林は、長い潜水から水面へと顔を出した者のように、やっと息の仕方を思い出した。

「な……っ」

しかし、口から出たのはそれだけ。

辛《かろ》うじて呼吸はできているが、衝撃が大きすぎて、口から出すべき言葉が見つからないのだ。

そこへ、紅林に追い打ちをかけるように王維がさらに言葉を続ける。

「俺の妻にならなければ、あなたの正体をバラす」

サーッと紅林の顔から血の気が失《う》せた。

「私を……脅す、つもり……っ」

「それはあなた次第です」

紅林は声の出なくなった口を、震えるようにわななかせていた。

王維が手を伸ばし、再び紅林の柔肌に触れようとする。

しかし指先が肌に触れる直前、突如、部屋に扉を叩く音が響き渡った。

焦りが感じられるコンコンという打音に、紅林の意識は瞬時に目の前の王維から扉へと向けられる。

「どうしたのです」

貴妃としての威風が感じられる声音で、紅林は扉へと声を掛けた。

「し、失礼します、紅貴妃様。急ぎ内侍長官室へ！　きゅ、宮女が……っ」

扉の向こうから聞こえた内侍官だろう声は、扉を叩いていた時と同様に焦っていた。

紅林はすぐさま立ち上がると、王維に「失礼します」と声を掛け、返答すら許さぬ早さで一目散に扉へと駆けていった。

「また返事を聞きに来ますよ」という背中に掛けられた、王維のあざ笑うかのような声を振り切って。

2

その日の夜、紅林は二日ぶりに寝宮へと声が掛かった。

先に牀でゆるりと書物を読んでいた関玿は、やって来た紅林の姿を目にするなり、見ているほうが照れてしまうほどのとろけた顔を向ける。

「会いたかった」

彼は書物を牀の脇に置くと、紅林へと手を差し出した。

「会いたかったって、昨日酒宴で会ったばっかりじゃない」

「仕事場のは別だ。紅林を充分に甘やかしてやれないからな」

差し出された手を掴むと、ゆっくりとだが確かな力でグイッと牀に引き上げられ、そのまま腕の中に閉じ込められる。

肌に触れる掛布や綿敷き、関玿の夜着は実に質が良く、スルリとなめらかで冷たく心地よい。冷たい夜着の奥から伝わってくる、関玿の少し早めの鼓動と高めの体温に、紅林は目を細め自ら頬を擦り付けた。

「どうした。紅林も甘えられず寂しかったのか？」

梳《す》いて手に絡んだ白い髪に口づけを落とす関玿。口元にうっすらと笑みを浮かべ、挑発するような眼差しで見下ろされれば、紅林の身体がカッと熱くなる。

「そっ！　……っそ、んなんじゃない……わょ……」

消えゆく語尾が紅林の隠しきれていない本心を物語っていて、関玿は噛みしめるように笑った。

「相変わらず強情な猫だ」

「——っ！」

関玿の『強情』という言葉に、今朝の王維とのやり取りが呼び起こされ、紅林は息を詰まらせた。

「ん、どうした紅林？」

「あ、その……」

紅林は、王維との間にあったことを伝えるべきか悩んだ。

自分の正体を知る者が他にもいたという話は、紅林だけでなく関玿にも大いに関わってくる話である。

――でも……。

チラ、と紅林は関玿の後ろへと目を向ける。

牀の陰から、先ほどまで関玿が読んでいた書物が見えている。それは、林王朝の外交関係が記録してあるものだった。

彼はこうして寝る間際まで学び、今回の外交を成功させようと努めているのに、そこへ自分の問題まで抱えてくれとは言えない。

――『また返事を聞きに来る』ってことは、今すぐにバラす可能性はないってことよね。

思い出される、酒宴で紅林へと向けられた官吏達からの視線の数々。

そのどれもが自分を認めないと言っていた。

ここで関玿を頼って、王維に圧力をかけるのは簡単だろう。

しかし、それではただの妃になってしまう。守られるだけの、愛されるだけの妃では、紅林は駄目なのだ。

後宮では、皇帝が唯一自ら選んだ妃という肩書きが、皆に紅林を貴妃と認めさせるものとなっている。だが、表でその肩書きは通用しない。

官吏達は妃について、皇帝が自ら選ぼうが、周囲に宛がわれようがどうでもいいのだ。彼らが見ているのは、政局に混乱をもたらさず、かつ有用な者かどうかである。

必要なのは皇帝の寵愛ではない。

この妃になら後宮を任せても良いと、官達を唸《うな》らせられるほどの信用である。

――やっぱり、これは私ひとりで解決すべき問題だわ。

それに、後宮のことは任せてと言ったのは自分だ。王維のことは外交が絡んでいるし、表にも関わりかねないことだが、後宮の人間である自分の問題ならば、それは後宮のことである。

表に影響を与えてしまうかもしれないからこそ、ここで自分の力で対処できなければ、誰が自分を認めてくれるというのか。

それに何より、他の男――しかも過去に会っていた可能性のある男に『妻になれ』と言われたなど、口が裂けても言いたくない。

「紅林？　どうした、もしかして今朝の脱走騒ぎを気にしているのか」

「え!? あ、えっと……し、知ってたの?」

「内侍省から報告が上がってきているからな」

「あー……そ、そうなのよ。実はまだ色々と気になることがあって。まさか、宮女が脱走するなんて思ってもいなかったから」

宮女の脱走――それが、今朝、内侍官が慌てて知らせに来た騒ぎの内容だった。

呼びに来た内侍官の様子から、良い報《しら》せでないことは予想がついていた。

だがまさか、夏侯俍に再びまみえた瞬間、『宮女が脱走しました』と告げられるとは思いもしなかった。

内侍長官室には、後ろ手に縄でぐるぐる巻きにされた宮女が、意気消沈して床に座りこんでいた。結っていたであろう髪はぼさぼさにほつれ、懐かしい薄黄色の宮女服は全身土で汚れている。彼女が渦中の宮女で間違いないだろう。

夏侯俍は脱走したと言ったが、ここにいるということは、どうやら脱走未遂で済んだようだ。

『お呼び立てして申し訳ありません、紅貴妃様。実は――』

夏侯俍に詳しい状況を聞けば、まず、後宮門の近くで地味な灰青色の外套《がいとう》を纏った者を、衛兵が見つけたらしい。

頭からすっぽりと被られた外套により、最初、衛兵は宮女か内侍官かの判別がつかなかったという。外套の者は、後宮門付近にある殿舎の陰から門のほうをチラチラと窺っており、不審に思った衛兵が声を掛けた。しかし、声を掛けた瞬間、外套の者は逃げるようにして後宮門へと走り出し、慌てて衛兵は急ぎ後を追った。

当然、鍛えられた衛兵の足に敵うはずもなく、外套の者はあと一歩というところで衛兵に捕まってしまった。

離せと泣きわめく声は女のものであり、脱がせた外套の下から現れた姿は宮女だった。彼女は『彼が待ってる』『離せ』『見逃して』などと口走り、言動から後宮門を抜けようとしていたことが判明した。脱走は重罪だが、未遂であったことから宮女はそのまま内侍省に連れてこられたという話だった。

そうして今、この宮女の対応をどうしようかという状況である。

『未遂で済んで良かったですよ。この宮女は捕まえてくれた衛兵に、足を向けて寝れませんね』

もし脱走していれば、今頃大理寺《だいりじ》に送られ投獄されていただろう。こうして、明るく清潔な内侍長官室で膝をつくことが許されているのは幸運だ。あと一歩で、冷たくて薄暗いじめっとした牢屋《ろうや》で、数日を過ごさないといけなくなっていたところだ。

『内侍長官様、おそらく彼女は誰かと駆け落ちをしようとしていたようですが、相手の男はどこに？』

夏侯偵は宮女の様子を一瞬気にしたあと、紅林に顔を寄せ、ヒソと囁く。

『それが、彼女のような行動をする者はその時いなかったらしく……おそらく、男が途中で怖《お》じ気《け》づいて、裏切られたのでしょう』

好きな男に見捨てられた上に捕まるとは、なんと憐れなことか。

宮女は俯いたまま、ひっくひっくと愛らしい涙声に身体を跳ねさせている。

紅林は宮女の前に膝をついた。

『ねえ、あなた。どうして後宮を抜け出そうだなんて思ったの？』

『あ、あんた狐――!?』

顔を上げて瞠目した宮女に、紅林は見覚えがあった。彼女も自分を覚えていたのだろう。とは言っても、言葉を交わしたこともなく、同じ場所で働いていた宮女のひとりという程度だが。

夏侯偵が『おい』と宮女の無礼を窘《たしな》める、圧するような声を出す。

しかし、紅林がそれを手で制した。

確かに彼女の言葉遣いは本来ならば叱責に値するのだが、今はそんな些細なことはどうでもいい。

『知ってるわよね？　許可なく後宮から出るのは禁じられてるって』

『だ、だって、彼が一緒に逃げようって……っ』

紅林の脳裏に宋賢妃や徐瓔《じょえい》との会話がよぎった。

『もしかして、相手の彼って衛兵？』

宮女は唇を噛み、しばらく口元を震わせていたが、耐えきれなくなったようにガクンと鼻水が垂れる顔を俯けた。

――まさか、首を突っ込む前に、状況が悪化するだなんて。

馬鹿なことを、と後ろで夏侯俍が長嘆していた。気持ちは分かる。

後宮に入る時点で、後宮解散まで外の世界に戻ることなどできないと、承知の上だったはずだ。それ込みで、高い給金をもらっているのだから。

宮女であれ、後宮に入るということは、皇帝のものになるということ。それなのに勝手に外に出ることは、皇帝への裏切りと同じであり、決して楽ではない刑が科される。

『今後、同じことが起きないよう、あなたには見せしめとして笞杖《ちじょうけい》刑の上、冷宮に異動してもらう』

ガバッと宮女の顔が上がった。

『冷宮⁉　いっ、嫌よそんな！　罪を犯したってんなら追放してよ！』

うさぎのように充血した目をこれでもかと見開いて、夏侯俍を睨んでいる。

『外に出たがる奴を追放しても罰になるはずないでしょう。僕はそこまでお人好《ひとよ》しじゃないんでね。というか、流刑は冷宮で暮らすよりも厳しいものですよ。お望みとあらば流刑にしてもよろしいですが？』

『ひっ！　い、いい……っ』

突き放した夏侯傴の言い方に、宮女の顔色は絶望に青を通り越して土気色となり、収まっていた嗚咽《おえつ》も再びこみ上げようとしていた。

しかしそこへ、紅林の『内侍長官様』という凜《りん》とした声が落ちる。

『むやみに脅すのはやめてください。それに、さすがに笞杖刑の上、冷宮送りは罰が重すぎるのでは。今回の件は未遂ですし』

すっくと立ち上がった紅林は、宮女を自分の身体の後ろへと隠し、夏侯傴と正面から向かい合った。

『では、紅貴妃様はどのような罰が相応しいと？』

短い眉と三白眼の合わせ技で、彼が凄《すご》むとさらに人相が悪くなり、気圧《けお》されそうになる。

『怖っ……』

『なんですって？』

『今回は笞《ち》刑《けい》五発のみで充分かと』

ハッ、と夏侯俍が鼻で笑った。

『甘すぎますね。後宮の綱紀を守るのが、僕や貴妃位であるあなたの役目ですよ』

『後宮にいる女人を守るのも、貴妃である私の役目です』

空気が張り詰める。

紅林の足元では、宮女がピリピリと痺れるような空気に、小動物《うさぎ》さながら身を小さくして動向を窺っている。

『見せしめなど必要ありません。私達が監督していけば良いだけですから。力や恐怖で他者を従わせようとすれば、必ず歪《ひず》みが生まれます。歪みは次の歪みを生み、あっという間に後宮は昏く恐ろしいところとなるでしょう』

『実に知ったような言いぶりですね』

『色々と見てきましたから』

後宮は閉鎖的な分、一度澱《よど》みはじめるとあっという間に濁っていく。澱んだ空気を入れ換えることすらままならず、濁りは毒となり女達の心を蝕《むしば》んでいく。

そうしてできあがるのが、赤子を殺すこともいとわない権力と嫉妬のるつぼだ。

『ああ』と、夏侯俍は片眼鏡を上げる。

『あなたは流民の経験もあるのでしたね』

どうやら彼は紅林の「色々と見てきた」という台詞を、流民時代のことと受け取ってくれたようだ。都合が良い。

というか、やはりこちらの身上はしっかりと把握されているらしい。

『権力は守るために使ってください、内侍長官様。罰することも必要ですが、心までもくじくような使い方はなさらないでください』

同じ過ちは繰り返さない。昔は力もなく、母に守られ傍観することしかできなかった。

でも、今は違う。

いっとき無言での睨み合いが続いたが、先に根比べから下りたのは彼だった。

『……分かりました。では笞刑のみとしましょう』

外した片眼鏡を明後日にかざし、他人事のような顔してふっと息を吹きかけている。

『内侍長官様！』と、安堵に紅林と宮女の声が重なる。

『ただし十発です。五発では少なすぎます。綱紀を正すのでしたら最低限を選んではなりません。厳しさと罰は別物ですから』

左目に戻した片眼鏡の奥に見える瞳は濁りなく澄んでいて、紅林は『感謝いたします』と瞼を伏したのだった。


「――っていうことがあってね」

「おおっ、あの侲《しん》が折れたか。さすがは紅林だ」

「侲？　それって内侍長官様のこと？　随分と親しい呼び方ね」

「軍時代からの仲間だからな。円仁の件があったし、しばらくは信頼できる者をと思ってな」

関玿は、林王朝討伐時に率いた軍を、反乱軍とも義勇軍とも呼ばない。

今では民は皆、声を揃《そろ》えて義勇軍と言うが、滅ぼされた側の自分に気を遣ってくれているのだろう。

こういった彼の匂わせない優しさが好きだった。

「まさか、後宮内で危ない雰囲気があるから注意を、って言いに行ったその直後にこんなことが起きるんだもの。赤薔宮が平和だからってちょっと甘く見てたみたい」

それに、宋賢妃の嫌みが的中するとは少々シャクである。

「皮肉だわ」と、紅林は関玿の腕から離れて、ごろんとうつ伏せで綿敷きに転がった。

「それにしても、後宮にそんな雰囲気がなあ……」

能筆家が描いたような関玿のスッとした美しい眉が、声音が曇ると一緒に歪む。

「大丈夫か、紅林。他の四夫人が一筋縄ではいかないというのに、宮女の脱走にまで注意を払わなきゃならないなんて、つらくはないか？」

心配だというように頭に伸びてきた関玿の手を、紅林の手が止めた。

上体を起こし向かい合う。

驚きに、関玿は瞬きを小刻みに繰り返している。

「関玿、私をそこらへんの女と一緒にしないでちょうだい。私はこの国で誰よりも後宮を知っている人間よ。この程度、どうとでもできるわ」

「紅林……」

「それに、あなたは私が貴妃の役目を果たせると思ったから、貴妃に封じたんでしょう。言ったでしょう、後宮のことは私を信じて任せてって。だから、甘やかさないでちょうだい」

二人の間に先ほどまでの甘い空気は消え、紅林は射るように関玿の赤い瞳を見つめた。

もしこの場に誰かやって来たのならば、一触即発と勘違いして、慌てて二人の間に割り入っただろう。

それほどまでに空気は張り詰めていたが、関玿の口がふっと開いた瞬間――。

「――っはははははは！　これだからお前は本当……ッくく、つくづく目が離せないんだよな」

関玿は腹を抱えて、文字通り牀の上で笑い転げてしまった。

これには紅林のほうが、目をきょとんとさせる番だ。

「か、関玿？」

「ったく、やはりお前を貴妃にして良かった。所を得た紅林は、月夜の女神のように神々しく強い」

ひとしきり笑った関玿は、涙を拭いながら紅林を抱き寄せる。

「お前は、何度俺を惚《ほ》れさせるつもりだ」

「きゃあッ⁉」

首筋に顔を埋められたと思ったら、わざと音を立てて首を軽く吸われ、痒《かゆ》くなるような恥ずかしさを覚える。頭を上げた関玿に戸惑った顔を向ければ、ニィと満面の笑みを向けられた。

「分かった。改めて後宮のことは任せるぞ、紅貴妃よ」

「たまわりましたわ、陛下」

ああ、信じてもらえることは、なんと気持ちが良いものだろうか。

心が温かなもので満たされていく。

二人顔を見合わせ、クスクスと自然と漏れ出たような笑みを交わした。

「それはそうと、ここではたっぷりと甘やかさせてくれるんだろう？」

「ん？」

「俺を慰める役目の伽人《とぎびと》が、俺の愉《たの》しみを奪うことはしないよなあ？」

「あ、あらぁ？」

　そのまま牀に押し倒されてしまった。

「ち、朝議に外交にとても忙しいし、ゆっくりと休んだほうが、よ、よろしいんじゃなくて、陛下？」

「安心しろ、我が貴妃殿。むしろ貴妃殿を抱かなかった日のほうが調子が悪い」

『何も安心できない！』と心の中で叫ぶも虚《むな》しく、紅林は二日分の愛でしっかりと甘やかされたのだった。

◆

　隣ですやすやと眠る彼女の髪と同じ色の光が、寝宮へと射し込む。

　太陽がまだ熱をもたない朝まだきの頃。

　寝宮の外に気配を感じ、関玿は紅林を起こさないように宮を出る。関玿はこれから朝議のために、外朝にある政殿へと向かう。

「おはようございます、陛下」

　寝宮の前では、内侍官達が膝をついて待っていた。

　関玿は、その中に見知った顔があることに気付く。頭を伏しているせいで、三つ編みの先が肩口から膝へと垂れている男。

「珍しいな、内侍長官。どうした、何かあったか」

夏侯俍であった。

「いえ。ただ、貴妃様とはお話ができたのかと少々心配になりまして」

曖昧な言い方だったが、夏侯俍が何を気にしているのか関玿はすぐに察する。

きっと周囲の内侍官達は、宮女脱走騒動についての話と思っただろう。しかし昨日、関玿は宮女脱走の他に、夏侯俍から個人的な口頭報告を受けていた——紅林が、赤王維《せきおうい》を個人的に呼び出したという報告を。

夏侯俍のほうでは呼び出した内容が分からないため、聞いてみたほうが良いと進言されていたのだが、結局関玿は何も聞かなかった。

「何か分かりましたか」

関玿は首を横に振る。

「信じて任せてくれと言われたからな。彼女が言わない限り、野暮な口出しはしないことにしたんだ」

「……大丈夫でしょうか」

どうやら夏侯俍は、紅林のことをまだ完全には信頼していないようだった。

円仁の不正を暴いたのが紅林だということは話したのだが、当時の状況を知らない彼は、自分が寵妃の株を上げるために話を盛ったと思っているのだろう。

——侲は慎重派だからな……。

しかし、そこを見込んで内侍長官に据えたのは自分だ。そして、このような目もあると承知した上で、彼女を貴妃に据えたのも自分である。

「甘やかすな……か。貴妃になっても変わらんな」

独りごちれば、ふっと勝手に口元が緩む。

隣で夏侯侲が何を笑っているのか、と気難しそうな顔を傾けていた。

「そんなに気にするな、内侍長官。辰砂国の相手を頼んだのは俺だからな。どうせその一環だろうさ」

まあ、と関玿は歩き出し、向かいから吹いてくる朝風で長い髪を背中に落とす。

「向こうも、交渉相手の妃に無体なことはしないだろう」

もしかすると、辰砂国の彼とは貿易のこと以外にも、色々と話すことになるかもしれない。

3

日も高くなった頃、紅林は朱香《しゅきょう》を連れ、見回りをかねて後宮内を歩き回っていた。

昨日の今日で、しかも真っ昼間から脱走をはかる者はいないと思うが、自ら見て回ることで何か気付けるかもしれない。

　かつて宮女として働いていた場所だ。

　最初から妃嬪として入宮した者達よりも、後宮の空気はよく知っている。朱香も同じく宮女上がりだから、違和感を察知しやすい。

　後宮の北側に位置する赤薔宮を出て、二人は南へ南へと後宮内を縦断していた。

　後宮内は北側に行くほど位階が高い妃嬪の宮が並び、後宮門がある南側は月に二回の市《いち》が立つ広場や宴殿、内侍省や宮女や女官の宿房が多く並ぶ。

　ちょうど紅林と朱香は、妃嬪宮の並びを通り過ぎ、宮女の宿房あたりまで来ていた。

「それにしても、ついこの間、徐瓔さんが気をつけてねって言いに来てくれた直後に今回の件だなんて。てっきり、徐瓔さんが大げさに言ってるだけって思ってたんだけどさあ」

「私もよ。他の四夫人も皆その程度にしか思ってなかったと思うわ。せいぜい心配事っていっても、仕事に身が入らなくなるとか、最悪、逢瀬を通り越して肉体関係を持ってしまうとか」

　皇帝の後宮で、別の男と肉体関係など持ってしまったら完全に罰則ものだが。それこそ問答無用で流刑である。

　今回は密通こそなかったという話だが、まさか、自力で後宮を抜けようとするとは。

「こんなに早く行動に移す子が出るなんて、完全に計算外だわ」

「だからこうして見回りしてるんだよね」

「ええ。やっぱり人の噂だけじゃ分からないもの。自分の目で肌で確認しなきゃ」

「さっすが。陛下もきっと、紅林のそんな責任感の強いところに惚れてらっしゃるんだろうね。それに私も侍女としてとっても鼻が高いよ。こんな優しいお方に仕えられて幸せだよ」

いししっ、と朱香は口を横に大きく広げ、歯を見せて嬉しそうに笑っていた。

彼女のこうした素直な反応は、紅林の癒やしでもあった。お互い立場が変わろうと、変わらないでいてくれる彼女との関係は心地よい。

後宮にいて、こんなに穏やかな心地になれるとは思ってもみなかった。

欲望と羨望と陰謀が混在する場所こそが後宮である。公主時代も、気が休まる時は母の腕に抱かれている時くらいで、腕の外に出れば常に全てを疑ってかからないといけないような世界だった。侍女の中にも裏切る者はいた。だから、宮の中でも外でも常に気を張っていなければならなかった。

なのに今、紅林は赤薔宮の外でも笑顔でいられる。

それは隣に朱香がいてくれることが大きかった。

「ありがとう、朱香」

「どういたしまして、紅林。さてそれじゃあ、宮女の宿房をひと回りしたら戻ろっか」

「そうね。でも、その前に宿房に寄って良いかしら」

「宿房に？」と、朱香が首を傾げる。

「ちょっと彼女の様子が気になってね」

紅林がキョロキョロと顔を巡らせ、周囲を探した時だった。

「こっ、紅貴妃様！」

声がしたほうに目を向けると、宮女がぎこちない小走りでやって来て、紅林の目の前でいきなり叩頭した。

「誠にありがとうございました！」

何事だと朱香と二人して目を丸くした紅林は、ひとまず地面に額を擦り付けている宮女に顔を上げるよう伝える。

上がった顔を見て、紅林は宮女の言葉と行動と、ぎこちなかった走り方に納得がいった。

「あなたは昨日の宮女ね」

とはいえ、昨日とは態度が雲泥の差だが。

「え！　昨日のって、つまり脱走しかけた宮女——ッぶ⁉」

ベチン、と朱香の口を塞ぐ。

宮女が脱走したことはおそらく随分と知れ渡っているだろうが、『誰が』とまでは分かっていないはずだ。

「余計な問題の種は増やさないこと」

「ご、ごめんなさい、紅貴妃様……」

萎《しな》びた大根葉のように上体ごと曲げて肩を落とす朱香に、紅林は肩をすくめて苦笑した。

大人しくなった朱香はそのままに、紅林は地面に膝をついたままの宮女を立たせる。

「背中が痛むのね。やっぱり十発はキツかったわよね、ごめんなさい」

走り方がぎこちなかったのは、なるべく背中の傷に布が擦れないようにするためだろう。

「と、とんでもございません！　冷宮送りになるところだったのを助けてくださり、それだけでも満足すべきところなのです。きっと紅貴妃様がいなければ、もっと回数を増やされていたでしょうし」

宮女は両手と顔を、ぶんぶんと左右に勢いよく振る。そんなに動かすと背中の傷に障るぞと思っていると、案の定、彼女は「うっ」と呻《うめ》き声を漏らした。

「大丈夫⁉」

「は、はい。一応同僚に治療はしてもらったので」

本来、後宮に勤める者が傷を負ったら、宮廷医官による治療を受けられる。

しかし、刑罰でつけられた傷は、治療が許されないのだ。

笞刑は刑罰の中では一番軽い。杖刑《じょうけい》で使われる棒よりも細く、女の小指程度の太さのものが使われる。しかし、細いといっても思い切り叩かれれば女の柔肌などあっという間に裂けてしまう。

紅林が傷を想像して痛々しそうに顔をしかめると、宮女はあたふたとして紅林の耳元に口を近づけた。

「それに実は、内侍長官様が執行人に言ってくださったのか、覚悟していたよりも痛くなかったんです。きっと紅貴妃様のご威光のおかげです」

「あら。あんな怖い顔してるのに、意外と新しい内侍長官様って優しいのかもしれないわね」

「本当ですよね」

おかしそうにクスクスと肩を揺らす彼女を見て、紅林は安堵に胸をなで下ろした。そして、多少の躊躇《ちゅうちょ》を見せつつも、紅林は怖ず怖ずとした手つきで、宮女の手に小さな軟膏壺《なんこうつぼ》を乗せる。

「私もあなたを探してたの。会えて良かったわ。これ……私が作った切り傷によく効く軟膏なの」

宮女は衝撃とばかりに眉宇を揺らし、壺と紅林とを交互に見やる。

「狐憑きが作ったものだから怖いかもしれないけど、変なものは入れてないわ」

「紅貴妃様！」と、背後から紅林の卑下を朱香に叱責される。

仕方ない。貴妃になり周囲からの態度は改められても、『狐憑き』に対する見方はそう簡単に変わるものではないのだ。

事実、昨日彼女は、貴妃である自分を見た瞬間、狐憑きと呼ぼうとした。それは、紅林を貴妃として見る者より、まだ狐憑きとして見る者が多いという証拠だ。

しかし、紅林が寂しそうに笑った次の瞬間、宮女は崩れ落ちるようにして再び叩頭していた。

「あ……ありがたく頂戴いたします、紅貴妃様！」

宮女の予想外の行動に、紅林は大きく見開いた目を瞬かせる。

「もらってくれるの？」

「お疑いになる気持ちも当然でしょう。どうか昨日と今までの数々の非礼をお許しください」

彼女の言う『今までの非礼』とは、宮女時代のことだろう。

彼女に直接何かされた覚えはないが、朱香以外の宮女は我関せずを貫くか、陰口を叩いていたかだった。

宮女は顔を上げ、眩《まぶ》しいものを見るような目つきで紅林を見上げていた。

「私は今初めて、噂など当てにならないものだと理解しました。不吉を運ぶどころか、あなた様は私を救ってくださいました。それに、このように気に掛けていただいて……ご存知かと思いますが、他の妃嬪様方は宮女など決して気に掛けません。紅貴妃様にいただいた優しさこそが、私にとっての真実でございます」

「やっと分かった？　紅林──じゃなかった紅貴妃様は髪色が違うだけで、元々すごく優しい方なんだから。……ちょっと面倒くさがりだけど」

「ちょっと朱香……」

すっかり本性がばれていた。しかし、ひと言余計である。

何故《なぜ》か褒められた紅林よりも胸を張っている朱香に、紅林は瞼を重くした視線を投げた。

朱香は紅林の視線から逃げるように、いそいそとまだ地面に膝をついていた宮女の手を取って立たせる。

「私は小茗《しようめい》と申します。一介の宮女にすぎませんが、ご用がありましたらなんなりとお申し付けください、紅貴妃様」

小茗と名乗った宮女は、拱手を仰いで腰を折った。

「ご用……それじゃあ小茗、さっそくのお願いで悪いんだけど。あなたが後宮を出ようと思った経緯を教えてくれるかしら？」

今回の彼女の行動は完全なる独断とは思えない。なんらかの後押しする要因があったはずだ。それが分かれば、今後の脱走対策にも活《い》かせる。

「あらぁ、その話、あたしにも聞かせてもらえないかしらぁ？」

小茗が承諾を口にするより早く、随分と馴染み深い声が背後から掛けられた。

振り向いた先にいたのは、青い深衣姿の侍女をうじゃうじゃと侍《はべ》らせた宋賢妃だった。

◆

紅林達は竹緑殿《ちくろくでん》へと場所を移した。

宋賢妃のうじゃうじゃといた侍女はひとりだけが残り、その他の侍女達は青藍宮へと戻らされたようだ。去って行くうじゃうじゃの中で、徐瓔が休憩時間だとばかりに両腕を天に突き上げていたのが印象深い。

「さっそくだけど、小茗。いつから脱走を考えていたの？」

椅子に座る紅林と宋賢妃の前に立つ小茗は、申し訳なさそうにわずかに視線を落とす。

「皆様方は最近、後宮で噂されている話をご存知ですか」

「噂ぁ？　知らないわ。ねえ、あなたは知ってる？　慈花《じか》」

後ろに控えていた侍女を振り返り、宋賢妃が尋ねた。

「申し訳ありません。噂話には疎くて」

慈花と呼ばれた侍女が首を横に振る。

三十くらいだろうか。宋賢妃や戻っていった侍女達よりも年上のようで、落ち着いた雰囲気があった。宋賢妃が彼女だけを残したのも頷ける。

小茗の目が紅林へと向く。

「紅貴妃様は？」

「私も知らないわ。後宮内で、色恋事が起きやすいような雰囲気があるっていうのは知ってるけど……」

紅林も振り返って朱香に目で問うてみるも、朱香もやはり首を横に振る。

「確かに私達が宮女だった頃より、緩んだ空気は感じましたよね」

「ええ、そうね」

朱香が言うとおり、先ほどの見回りで、後宮内の雰囲気が以前とは多少異なっていることに気付いた。角が取れたとでも言うのだろうか、以前のピリピリした空気はなくなっていたのだ。

——主な原因は、きっと私がいなくなったからでしょうけど。

一日のほぼを赤薔宮で過ごし、宮女や女官、そして宋賢妃の目に触れることが減り、彼女の怒声が響き渡ることがなくなったからだろう。

「もしかして、その緩んだ空気と一緒に、気も緩んだといったところでしょうか」

「かもしれないわね」

朱香の考えも一理ある。

刺激のない日々は退屈である。ましてや妃嬪と違い、娯楽の限られた宮女達であれば、日常にめりはりをつけるのも一苦労だろう。気が緩むのも致し方ないというもの。

だが、緩んだ程度で脱走が起きたのだったら大問題すぎる。

しかし事実、緩んだ空気が衛兵や内侍官との色恋を、加速させているような気がする。見回っている時、浮ついた現場を見なかったわけでもない。しかも、漏れ聞こえてくる女達の黄色い声の中には、辰砂国の特使へのものも含まれており、酒宴でさらに熱気が高まってしまったのかもしれない。

「小茗、もしかして噂ってこれと関係ある？」

ともかく紅林は話を進める。

「はい。その噂というのが、『辰砂国の使者が来ている今は、後宮に割ける衛兵の数が減るから抜け出しやすくなる』というものでして」

小茗の言葉を聞いて紅林と宋賢妃は顔を見合わせ、珍しくはぁと同じ溜息を吐く。

「誰よぉ、そんなところに目をつけたのは……」

「妙に賢いと言うか、抜け出すことだけに注力してると言うか……」

一般的に、他国の使者が来る場合に女達が期待するのは、『良い男がいるかも』といったものだろう。実際、宋賢妃は真っ先に他国の太子に食いついていたし。

まさか、脱走と結びつけて考えられるとは……。

この話を最初に言い出した者は、よほど後宮から脱走したいとみえる。普通に生活していて、使者来訪と脱走とを結びつけて考えはしないだろう。

すっかり卓で額を押さえて項垂れてしまった紅林と宋賢妃に、小茗はあわあわと狼狽《うろた》えながらも話の続きを口早に述べた。

「そ、それでですね、私がその……お慕いしていた衛兵様にその噂を伝えたら、ちょうど彼も後宮門に配置されたところだから、早朝の人が少ない時なら上手く手引きできると言われ……一緒にどこかの村で暮らそうと……」

項垂れたままの紅林と宋賢妃が、さらに溜息を重ねる。

「す、すみません！　私もあの時は衛兵様にとても熱心に口説かれて、浮かれていたんです！　ひとりでは無理でも、後宮門を任せられた衛兵様と一緒ならできるかもと思ってしまい……」

「なるほどねぇ。確かに手引きする者が外にいれば、脱走できそうな気もするわぁ。実際は失敗に終わったわけだけど」

宋賢妃の言葉に、小茗は涙目になりぐすんと鼻をすする。

「今落ち着いて考えると無謀だって分かるんですが、あの時は彼の熱意に押し負けてしまって……おかげで、彼とはもう二度と会えなくなってしまいましたし」

「まあ、間違いなく、もう後宮衛兵ではなくなってるでしょうねぇ」

宋賢妃のなんの気なしの追い打ちに、小茗はさらに鼻をすすった。

しかし、現実は宋賢妃の言葉通りだろう。

きっと、あの内侍長官のことだ。

小茗から話を聞いたあと、相手の衛兵の名もしっかりと聞き出しているに違いない。今頃衛兵は共犯者として内侍省に捕まり、後宮どころか王宮へも踏み込めない平民に戻っているだろう。

つまり、後宮から動けない小茗は、二度と慕っていた男に会うことは叶わないのだ。

紅林にも、小茗の涙は痛いほどに理解できる。

衛兵の永季《えいき》が皇帝関玿だと知ったあと、もう二度と会えないと胸の苦しみに膝を抱えたものだ。

しかし、だからといって小茗を後押しすることはできない。

「それにしても、そんな噂があっただなんて。妃嬪側《私たち》には聞こえてこなかったから、宮女や女官の誰かが言い出したのかしら？　『辰砂国の使者が来ているから』なんて、妙に説得力がある内容だわ」

まるで、今すぐに脱走しろとばかりの噂だ。

ただの色話の延長で生まれた噂にしては、具体的すぎやしないか。

紅林は組んだ右手で口元を覆い、思考にふけろうとしたのだが――。

「まっ、今回これだけあっさりと捕まったことだし、これで同じようなことをする者はしばらく出ないでしょうよ」

宋賢妃の両手を叩いた音で、強制的に意識を引き戻される。

「あー良かったわぁ。どうやらこの件には青藍宮は関係なかったようだし」

宋賢妃が細い眉を上げて、『そうよね？』とばかりの尻目で慈花を確認すると、慈花も深く頷いていた。

やはり、他の宮よりも色恋の雰囲気が加熱している分、誰か関わってやしないかと心配だったのだろう。嫌っている自分と一緒に話を聞きたがるほどだ。その心労の重さが窺える。

「しかし、脱走の心配はなくなるかもしれませんが、後宮内の浮ついた空気には、まだまだ私達も注意が必要ですね」

「あんたに言われなくても分かってるわよ」

宋賢妃は物憂げに視線を卓に落とした。

「……あたし達が後宮を出る時は、玉座の主が替わった時くらいよ」

宋賢妃は、視線を卓の上から竹緑殿の外に広がる翠竹へと移し、紫色の瞳で広がる景色を見るともなしに眺める。

風に身をぶつけ合う竹のコーンコーンという音は、響きは良いがどこまでも空虚だ。

竹緑殿にいた者達皆が、響き渡る音に耳を澄ませていた。

そうして風が止《や》み音すらもなくなれば、何か思い出したのか小茗が「そういえば」と紅林に話し掛ける。

「正攻法で後宮の外に出るには、陛下の代替わりの他は流刑だと思うんですが……内侍長官様は流刑が冷宮送りよりつらいって言ってましたけど、尼寺に送られるだけじゃないんですか？」

肩をすぼめて控えめな上目遣いで聞いてくるのは、罰せられた本人が刑罰に興味をもって不謹慎だとでも思っているからなのだろう。

「小茗……あなたまさか、もう一度脱走しようだなんて思ってないでしょうね」

思わず紅林の瞼も重くなる。

「ち、違いますよ！　ただの興味です！　それに、そんなにつらい場所なら行きたいだなんて思いませんよ」

「確かに」

というより、流刑での後宮脱出を正攻法と言わないでほしい。何も正しくない。

「尼寺は、確かに後宮を出た女達が行く先だけど、流刑で送られる先はまるで別よ。私も行ったことがないから詳しくは分からないけど、陸の孤島に冷宮を築いた感じかしら。尼寺と違って、高い壁に囲まれた中で外との交流は遮断され、着るものは皆同じ。身体には受刑者の烙印《らくいん》が押され、髪も剃髪《ていはつ》され、監視者含め、男なんか一切いない上に自給自足よ」

「はわぁぁ、冷宮の生活でも嫌なのに、お洒落《しやれ》すらも禁じられた自給自足だなんて……追放されなくて良かったです」

眉間に寄った皺の深さから、小茗が心底良かったと思っているのが伝わってきた。

冷宮は着るものは自由だし、食事もしっかりと用意される。皆が冷宮送りを嫌がるのは、残飯や屎尿《しによう》処理という仕事内容のきつさからだ。

そこで、大人しく耳を傾けていた宋賢妃が口を開く。

「あんた……やけに詳しいじゃない。元下民なのに」

「赤薔宮で毎日書物を読みあさってますから」

「とは言っても、刑罰の本まで読むってどういう趣味——」

「ということで、小茗。脱走も流刑になるような罪を犯すのも、最悪しか招かないから安易な行動は控えなさい——って、同僚の皆にも伝えておいてちょうだいね」

華麗に無視された宋賢妃が、「キィィイ!」と手をわななかせていたが、紅林はそれすらも無視した。

貴妃位になって何が一番良かったかというと、真正面から彼女の相手をしなくて済むようになったことではなかろうか。嗚呼《ああ》、顔を上げて見る竹林が美しい。

「あの、紅貴妃様。ひとつ質問なのですが……後宮を追放された女人は皆、その流刑地へと連れて行かれるのでしょうか?」

宋賢妃の後ろに立つ、侍女の慈花だった。

「全員じゃないわね。流刑に処せられてない者――つまり、罪を犯してない者は尼寺送りよ。まあ、そんなのは稀《まれ》だけど」

それでもないわけではない。

過去に流刑にならず後宮を追放された例を、紅林はいくつか知っている。

真似されたら困るので、具体例は言わないが。

「なぁに、慈花。もしかしてあなたも恋の熱に浮かされて、良からぬことを目論《もくろ》んでんじゃないでしょうねぇ?」

宋賢妃の言い方は冗談交じりだったが、慈花を見る目は『やめてくれ』と言っている。

「まさか。私は他の子達のように浮かれる年でもありませんので」

慈花のきっぱりとした否定に、宋賢妃の目が明らかに安堵に和らぐ。

宮女の時は、大勢の侍女を引き連れた高飛車な妃だとしか思っていなかったが、こうして同じ立場から見てみると、侍女が多いゆえの気苦労が多い人なのかもしれない。

「良かった。侍女頭のあなたに裏切られたら、目も当てられないもの」

宋賢妃の明るくなった声に、慈花が微笑みを返していた。


聞きたいことも聞き終わり、場は解散した。

別れる時に小茗が『何かありましたら私を使ってください！　紅貴妃様のご恩に報いたいんです』と言ってくれたのは心強かった。これで宮女達の様子については、すぐに関知することができる。

宋賢妃達と小茗はそれぞれの場所へと帰っていったが、紅林と朱香は赤薔宮へは帰らず、また後宮内を歩き回る。

「今回の脱走騒ぎは、変な噂のせいだったんだねぇ」

朱香が「なんだ」とばかりに、間延びした声を漏らす。

「そうね。辰砂国の特使が帰る前に急がなきゃって焦ったんでしょうね。脱走するにしても、あまりに杜撰《ずさん》すぎるもの」

小茗も浮かれていてと言っていた。冷静ならば決してこんな判断はしなかったと。

後宮門を出たからといって、すぐに外に出られるわけではない。

後宮は王宮内の一部でしかない。後宮の外には広い内朝があり、また王宮正門へと抜けるには、官吏達がウヨウヨいる外朝を突き抜けていかねばならないのだ。東西にも門は設けられているが、南の大門よりも規模が小さく、人の出入りが少ないため必然的に監視の目が厳しくなる。

捕まった際の小茗の格好は、ただの宮女服だった。

祭祀《さいし》や式典でもないのに、女姿で誰に見咎められることなく門を抜け出すのは不可能に近い。

よほど、その誘ってきたという衛兵の熱意が凄かったのだろう。

「でも、これで良かったのかもね。脱走は失敗するって広まったんだし、これ以上皆も熱はあげないと思うな。いくら衛兵と恋したって、後宮を出られないんじゃ結ばれないもん」

「そうね。内侍長官様に見回りの強化もお願いしたし、この浮ついた空気も次第に収まっていくでしょ。そしたら、宋賢妃様の心労も少しは癒えるかもしれないわね」

「優しいねー紅林は。あんなに嫌みばっかり言う人に」

「もう慣れたわ」

そういう病だと思うことにした。

さすが、と朱香は苦笑した。

「それよりも、朱香や朱蘭《しゅらん》にはそういう浮いた話はないのかしらあ？　少しの火遊びなら大目に見るわよ」

紅林がニヤついた顔を、ズイと隣を歩く朱香に近づければ、朱香は「えいっ」と両手で紅林の頬を挟んだ。

「朱きゅっ⁉」

「私は、紅林や蘭姉といるのが楽しいし幸せだから、そんなのはどうでも良いんだ」

くしゃっとした笑みで言われ、紅林の表情も温かいものになる。

「ありがとう、朱香。あなたが幸せであることをずっと願ってるわ」

「へへっ、こちらこそ」

なんだか照れくさい空気が漂い、二人してぎこちなく笑い合うと「さっ、見回り見回り！」という朱香の掛け声と共に、再び足を動かした。

そうして後宮の南端――内侍省がある場所まで来たところで、紅林は意外な者の姿を目にする。

「あら？」

内侍省の前を通り過ぎ、再び後宮の奥へと戻ろうとした際、一瞬だが内侍省建屋の入り口に目が留まった。

目立つ格好の男女が、並んで建屋内に入っていくのが見えた気がした。

――あれは景淑妃《けいしゅくひ》様と……特使団の人？

真っ黒髪をひとつに結わえ、くすんだ榛色の胡服を纏う男は、確か酒宴の中段の席にいた気がする。あの時、隣について酌をしていたのは景淑妃じゃなかっただろうか。

しかし、視線を一度切った間に男女はもう見えなくなっており、確認はできなかった。

「どうしたの、紅林？」

いきなり足を止めて内侍省を見つめる紅林を、数歩先に行っていた朱香が呼ぶ。

「え、いえ……なんでもないわ」

きっと、彼女も特使の話し相手として呼ばれたのだろう。

――景淑妃は辰砂国との外交を後押ししていたようだし、呼ばれたとしてもおかしくないわ。

そういえば、景淑妃は辰砂国と過去に縁があったと言っていた。

――辰砂国……っ。

不意に赤茶髪の男が、紅林の脳裏をかすめる。

『俺の妻にならなければ、あなたの正体をバラす』

紅林は脳裏で響いた声を振り切るように頭を左右に振ると、先で待つ朱香の元へと足早に駆けていった。

4

数日後、再び内侍省建屋の一室で、紅林は王維と卓を挟んで座っていた。

今回は紅林が呼び出したわけではない。内侍省経由で彼に呼び出されたのだ。

ということは、例の返事を聞きに来たのだろう。

「考える時間は与えました。それでは、この間の返事を聞かせてもらえますか、紅林？」

組んだ脚の膝に両手を引っ掛け、王維は悠然として紅林を見つめていた。

「その前に聞かせてちょうだい。どうしてあなたは私を知っているの。どうして辰砂国のあなたが……」

いったいどこから自分の正体が漏れたのか。

やはり後宮の生き残りがいて、気付かぬうちに目撃されたのだろうか。しかし、それで何故、翠月国ではなく辰砂国の者に知られているのか。それとも、自分が忘れているだけでどこかで会ったことがあるのだろうか。などと様々に思考を巡らせていると、向かいから笑い声が聞こえた。

てっきり『そんなことすら』と無知を嗤われたのかと思ったが、彼の声に嘲りはない。

「どうして知っているか、ですか……。それは、あなた自身に思い出してもらいたいから秘密……ということにしましょう」

「思い出してっていうことは、私はあなたをしっかりと認知したことがあるのね？」

王維は唇に人差し指を当て、青い瞳を細めた。それすらも思い出せということか。

見とれてしまうほどに美しい青い瞳だと思う。

紅玉時代に出会った人はさほど多くない。しかし、これほどの純粋な青色を持った者がいただろうか。

紅林は眉をひそめ、首を傾ぐ。

「さて、時間稼ぎはこのくらいにしてもらいましょうか」

組んだ長い脚をほどき立ち上がった王維に、紅林はビクッと身体を揺らした。

元々背丈は高い男だったが、こちらが座ったままとなるとさらに威圧感が増す。

王維は、ゆっくりと一歩一歩紅林へと近寄る。

彼の長靴《ちょうか》の踵《かかと》が床を踏む、コツン、コツン、という硬質的な音が、痛いほどに耳に響く。

そして、足音は紅林の座る椅子の隣で止まった。

見上げた彼の顔には影が落ちており、薄ら笑いを浮かべた表情は不気味だった。

「……っ王維」

震えそうになる声を必死に気力で押さえつけ、冷静を装おうとするが、喉から出た彼の名を呼ぶ声は掠れてしまう。

「紅林」

対して、呼応するように呼ぶ王維の声はまったく変わりなく、まるでこちらの虚勢を見透かされたようで、紅林は顔を赤らめた。

王維の腕が紅林の椅子の背もたれと、目の前の卓に置かれ囲われてしまう。

腰をかがめた王維の顔は近く、紅林は顔を反対側へと背けようとしたが――。

「俺から目を逸らすな」

顎に手をかけられ、強引に王維のほうを向かされてしまった。

「く……っ」

至近距離にある青い瞳がギラついていた。

「バラされたくなければ、俺の妻になると言え」

低い声で脅すように囁かれた言葉には、外交相手の妃に対する気遣いはなかった。

「わ……私は、陛下の妃よ」

「ええ、知っていますよ」

しかし、次の瞬間には元の言葉遣いへと戻る。

きっと、一瞬だけ見えたあの姿こそが彼の本質なのだろう。物腰柔らかという第一印象とは異なり、随分と我の強い、それこそ太子という名に相応しい様相だ。

紅林は、彼の纏う威圧に屈しないよう、キッと王維を睨み付ける。

至近距離にある水色の瞳の中に映る女は、威嚇する猫のように気《け》を逆立てている。

「で、では、ご自分がいかに無理なことを言っているかもご存知のはず」

「ハハッ！」

突如、王維は顔を俯け嗤笑《ししょう》した。

紅林の顎にかけていた手を離し、笑いを堪《こら》えるように口元を覆っていた。

幅の広い肩が目の前で揺れる。いったい、どこにそれほど嗤うところがあっただろうか。

嗤われすぎて、紅林の表情も次第に険しくなっていく。

「随分と面白いことを言う。どちらのほうが無理か、それはあなたが一番知っているはずでしょう？」

「どちら？」

「俺があなたを妻に求めるのと、あなたがこの国で受け入れられるの……ですよ」

「なっ――！」

王維の手が、背中に流れていた紅林の白い髪を掬《すく》い取《と》った。

そのまま蜘蛛《くも》の糸束のような繊細な髪は王維の口元へと運ばれ、口づけが落とされる。

「才媛であるあなたが気付いていないわけじゃないでしょう？　あなたが、表の官吏達にどういう目で見られているか」

ドクンと心臓が跳ねた。

紅林は下唇を噛む痛みで、どうにか冷静さを保っていた。

『どういう目で見られているか』――当然のごとく紅林は知っている。この白い髪に向けられる、『狐憑き』という数多の嫌悪の視線を。

先日の酒宴で初めて紅林の存在を知った者達は、ヒソヒソと聞こえよがしに誹謗《ひぼう》していた。自分は慣れているからまだ良い。だが、他国の者にすら自分が誹謗されるような人間だと、見られていたのが堪らなく恥ずかしかった。

貴妃の、いや関玿の、ひいては翠月国の面目丸つぶれだ。

これでは、関玿の助けどころか、足を引っ張る存在でしかないではないか。

目に熱がこみ上がってくるのを、紅林は襦裙《じゅくん》を握りしめ、目頭に力を入れて耐える。

「確か翠月国では、白を身体に持つ者は、不幸を運ぶとされているという話でしたか……？」

そんな紅林の感情も王維はお見通しだとばかりに、さらに感情に揺さぶりをかけてくる。

髪に口づけしたまま話され、声音の揺れで首後ろがぞわぞわとする。

「随分と翠月国のことを調べてくださったようで。よほど我が国と関係を結びたかったのね」

紅林は口端をつり上げ、目一杯の皮肉を口元に込めた。

「いいですねえ……その気丈さ。とても俺好みですよ」

「っそれは光栄だわ」

言葉とは裏腹に、ちっとも光栄と思っていない顔と声で言えば、王維は渋るように笑いながら、ようやく紅林から離れた。

手にしていた紅林の髪を撫でるように手放し、王維はまたコツリ、コツリと足音を際立たせながら自分の席へと戻っていく。

いったい、彼の目的はなんなのか。

辰砂国が、翠月国と外交貿易を結びたいと思っているのは本当なのだろう。でなければ、太子などわざわざ寄越さないはずだ。

「何が目的なの」

「翠月国と国交を結んで、あなたも手に入れたいだけですよ」

再び椅子に腰を下ろした王維は、卓に頬杖をつく。

「だったら、これから貿易をしようとしている相手国の妃を欲しがるだなんて、悪手だと思うけど」

「過去の翠月国には、外交相手に自分の妃を嫁がせた皇帝もいたと聞きますが」

本当、どこまで調べているのやら。

「過去は過去よ。今の陛下は、人を交渉材料になんかしないわ」

「あなたが、自分が倒した王朝の忘れ種だと知っても？」

「陛下は既にご存知よ」

「陛下は……ねえ」

含みのある言い方だ。

「つまり、他の官達はあなたの正体を知らないわけですね」

「そ、それは……っ」

もし……もし、王維が本当に官吏達に、自分の正体をバラしたらどうなるか。

間違いなく紅林は処刑されるだろうし、関玿も官吏達からの信頼を損ねかねない。

「この国にいても、あなたに先はありませんよ」

——うるさい……っ。

誰よりも一番理解している。

だから、こんなにも悩んでいるというのに。

紅林は、苦しみを紛らわすように胸元をぎゅっと握りしめた。胸の間に密かに忍ばせていたものが、襦裙越しに存在を主張してくる。

紅林が言葉を返さず視線を卓に落としたことで、二人の間には沈黙が生まれる。

カタンと音がして視線を上げれば、王維が「これを」と、懐から取り出したものを卓の上に置いた。

白磁の小瓶だった。

「これは……」

栓を開けてみれば、中には見覚えのある小さな丸薬が詰まっていた。

紅林は、小瓶と王維との間で視線を往復させる。

見つめてくる彼の顔には表情がない。いや、目の奥に微かな憐憫《れんびん》が通り過ぎた。しかしそれも一瞬で、無表情で見つめてくる彼は、紅林には恐怖が人の形をして座っているように思える。

「堕胎薬です」

一瞬にして頭のてっぺんから風を吹き込まれたかのように、熱が足元へと落ちていく。

ひゅっと息を吸ったまま、紅林は硬直した。

「滅んだ王朝の血筋を欲しがる王はいませんよ。いくら寵妃とはいえ」

「い……」

紅林は手にした小瓶の栓を閉め、そして――。

「いらないわ」

王維へと突き返した。

しかし、王維は紅林を見つめるばかりで、小瓶を受け取ろうともしない。

小瓶を握る紅林の指は震えている。

「はぁ……とても今、赤子ができて大丈夫とは言えない空気でしたが？　こういうのは持っておいて損はな――」

「持ってるから」

「え」

初めて、王維の表情が崩れた。眦《まなじり》が裂けんばかりに目を大きく見開き、余裕たっぷりについていた頬杖から顔が浮いている。

まじまじと見られるのを避けるように、紅林は顔を背けると一緒に席を立った。

そのまま王維を一瞥もせず、足早に部屋の扉へと向かう。

その背に、慌てて立ち上がった王維が声を投げかけた。

「紅林！　やはりあなたのいる場所はこの国じゃない。俺の隣でしか幸せになれないんだ！」

しかし、紅林はやはり振り返ることもなく、部屋を出て行ったのだった。

王維は、閉まった扉を見つめ強く瞼を閉じた。

瞼の裏には、悲しさに唇を噛んで耐える紅林の姿が焼き付いていた。

美しい白妙《しろたえ》の髪を、ゆらゆらと靡かせながら去って行く姿は、人を誘惑する胡蝶《こちょう》のように可憐《かれん》で、手を伸ばして胸の中に閉じ込めてしまいたくなる。

「……あなたにそんな顔は似合わない」

卓に残された小瓶を、王維はしばらく眺めていた。

◆

貿易の交渉話も一段落したところで、部屋の空気が幾分か和んだものになる。

「特使の方々は、退屈されていないだろうか。そういえば、先日は我が紅貴妃が王維殿下と会ったと聞いたが」

朝議を終え昼食を挟んで、今日も変わらず辰砂国との外交交渉だ。

部屋に席を用意されているのは、翠月国側は関玿と宰相の安永季《あんえいき》、そして外交部省の長官である礼部尚書《れいぶしょうしょ》はじめ礼部の者数名。辰砂国側は、特使全員というわけではなく、酒宴の席で中段以上の席が与えられた代表者達と団長である王維。その他は、右筆係が座る。

関玿を正面に置き、向かいに辰砂国の者達が並び、翠月国の者達は挟むように両側に数名ずつ座っていた。

王維が顔前で組んだ拱手を少し上に揺らし、静かに下ろす。

「ええ、気に掛けていただき光栄なことです。今日も先ほどまでお相手くださいまして。紅貴妃様は実にお美しく聡明《そうめい》な方で、関陛下が羨ましい限りです」

「王維殿下は、そちらの国で誰か好《よ》い人はおらぬのか」

「私は昔の恋を引きずっておりまして。どうにも、そのような気になれないのですよ」

「そうか。好い女人が王維殿下に新たな風を運んでくるといいな」

常に淡く笑まれているせいか、喋り方が直截《ちょくせつ》なせいか、彼に対しては少々浮薄《ふはく》な印象を抱いていたのだが、どうやら見かけによらず一途《いちず》な青年のようだ。

紅林と二人きりで会っていたと聞いた時は心配したが、やはり問題はないだろう。

ところで、と王維が礼部省の者達へ横目を向ける。

「紅貴妃様の白い髪というのは、御国《おんこく》では忌まれる色だとか……」

和やかだった空気が、一瞬で凍ったように張り詰める。

「先日の酒宴でも、紅貴妃様を見た瞬間、官の皆様の顔色が悪くなられたように感じましたが、そのような状況で大丈夫なのでしょうか？」

「殿下っ、何を言われているのです！　お控えください」

尾長鳥のような髪した男が、隣から王維の腕に手をかけて発言を食い止めようとする。名は確か嵩凱《こうがい》と言っていた。常に王維の傍に付き従っていたのを見ると、おそらく従者だろう。

しかし、王維は嵩凱を一瞥することもなく、またかけられた手を払うこともなく、ただひたすらにこちらを見てくる。

「大丈夫とは……どういう意味かな？　王維殿下」

「彼女が幸せになれるかどうかですよ」

「殿下っ！」

ただでさえ焦燥顔だった従者は、完全に色をなくしていた。眉間にはありったけの皺が寄り、瞳が震えている。怒りを喉元で留めているのか、食いしばった歯の隙間からは荒々しい息が漏れている。

嵩凱だけでなく、他の特使達の表情も似たり寄ったりだ。

それでも、王維はやはり薄い笑みを湛えたまま、関玿から目すら逸らさない。

獣の世界では獲物と対峙《たいじ》した時、目を逸らしたほうが負けだという。負けたものは勝者に追われ食われるのみ。

——我ながら、よく平然としていられるなと自分に感心する。

本来であれば、従者くらいに「無礼な！」と声を上げ、感情を叩きつけて良いようなことを言われているのだが、どうしてか頭の中は冷えていくばかり。

彼はどういった意図で、このような挑発ともとれる発言を繰り返しているのか。

意図が分からぬうちは、下手な発言は控えるべきだろう。

今までの交渉時の発言からするに、決して彼は痴鈍《ちどん》ではない。迂闊《うかつ》に言葉を続けて、いらぬ言質《げんち》などとられたくはない。

「辰砂国にとって、林王朝はとても良い外交国でした」

今度は翠月国側が色めき立つ。

万が一に他意はなくとも、これは関王朝批判と捉えられても仕方ない発言だ。

もはや、王維の従者達は声を発する気力すら失ったようだ。ただ俯いて時が過ぎるのを待っていた。

「そうか。まあ、外交と内政は別物だ。林王朝がどのような顔を外へ向けていたのかは分からぬが、この王朝も辰砂国とは良い関係を築いていきたいと思っているよ」

関玿は、片手で翠月国側を『落ち着け』と制し、皇帝としての外交辞令を述べる。

「それは私達も同じです。そのために、こうして交渉の席を設けていただいたのですから」

やはり王維の表情に変化はない。

貼り付けられた笑みとは分かっているが、厚顔というわけではなさそうだ。おそらく、顔に貼り付けたものは卵の薄皮程度のもので、よくある『世間知らずの太子』からの発言ではなく、何か別の意味が隠されているように感じる。

「ならば、先ほどの発言はどのような意味があったのでしょうか、王維殿下」

とうとう堪りかねた安永季が、関玿の心の声を聞き取ったような問いを王維にかけた。声は平板なものだったが、目には遠目からも分かるくらい怒気が含まれている。今にも目から火を噴きそうだ。

「嫌ですねぇ、そんなに深く受け取らないでくださいよ。ただ私は、辰砂国は林王朝のものだろうと受け入れられる、という意味で言ったんですから。ほら、貿易品の中には、林王朝由来の名がついたものもあるでしょう？　亡くなった国のものは縁起が悪いってんで取り引きにならない場合もあるんですが、うちはそういったものでも受け入れますよ、という意味で言っただけなので。言葉足らずで誤解させてしまったのなら申し訳ない」

「……こちらこそ、読みが足りずに申し訳ありません」

いくらなんでも、王維の発言から今の意図を読み取れというほうが無理というもの。それでも安永季は大人しく、年長者そして大国の宰相として素直に引き下がった。

王維には間違いなく何か、ある。

彼も何かを発散させようとして、しかしすんでのところで我慢している雰囲気があった。

——さて、このまま流すべきか。それとも……。

大国の皇帝としての振る舞いをするのなら、ここで場を収め解散とすべきだろう、が。

——俺もそこまで大人じゃないからなあ……。

正直、腹心の部下であり友を謝らせたのは、面白くなかったのだ。

——少しつついてみるか。

関玿は、密かに鼻から薄い溜息を吐いて口を開いた。

「ああ、そうだ。先ほどの王維殿下からの問いに、まだ答えていなかったな」

一連の危うい会話で皆忘れていたようで、きょとんとして明後日のほうを見つめ、関玿の言う『先ほど』についての記憶を探している。

「紅貴妃が幸せになれるかどうか、という問いの答えだが」

関玿の言葉で思い出した者達がいっせいに、あっ、と口元を手で隠した。

これまた微妙に危うい話題で、集《つど》った者達の『またハラハラしなければならないのか』という緊張が伝わってくる。

ただ、王維だけが一貫して関玿を微笑顔で見つめ続けていた。

——さあ、その貼り付けた笑み。剝がせてもらうぞ。

関玿は、鷹揚《きようそく》に脇息に頬杖をついて、全身で余裕を演じてみせる。

「安心なされよ、王維殿下。紅貴妃は私の寵妃だ。そして彼女の最愛も私。心配なされずとも、彼女は毎夜私の腕の中で、随喜の涙を流すくらいには幸せだよ」

王維の顔から、初めて笑みが剝がれ落ちた。

――ハハッ！　あぁ……なるほど。

思わず関玿は心の中で嗤笑した。

下から出てきた顔は真っ赤に染まり、感情と一緒に敵意を剝き出しにして、関玿を威嚇していた。

外交用の仮面の下に隠されていたのは、恋などと愛らしい言葉で呼ぶにはおこがましい、嫉妬にまみれた男の顔そのものだ。

――なるほど、『林王朝のもの』な。

不自然な王維の発言の真意を理解した。

『もの』とは、貿易品の物ではなく、誰かを指して者と言っていたのだ。

――ということは、王維殿下は紅林の正体を知っているということか。

かつて林王朝と辰砂国の間には外交関係があり、年に数回は朝貢に来ていたのなら、太子である王維と公主であった紅林が、どこかの場面で遭遇していても不思議ではない。

彼の資料を見た時に危惧したことが、まんまと現実になるとは。

――紅林の様子からして、彼女は覚えていないといったところか。

だが、王維はしっかりと紅林を認知している。

仕方がないこととはいえ、自分の愛する者の過去を他の男に知られているのは、面白くない。

そこで関玿は、王維の発言の中に、聞き捨てならないものがあることに気付いた。

——待て……ということは、彼が引きずっている恋の相手というのは、まさか……！

先ほどからの彼の言葉全てを勘案すると、彼は『辰砂国は翠月国と違い紅林を受け入れることができ、昔から彼女を愛している自分なら幸せにできる』と言っていた。

間違いない。

王維は、関玿《自分》が愛する人を恋い慕っていた。

関玿の口端が、一瞬だが意図せず揺れる。

そして、ずっと関玿だけを瞳に映し続けていた王維が、その些細だが確かな綻びを見逃すはずがなかった。

王維は愉快だとばかりにニイと口元に深い弧を置き、初めて目でも笑っていた。

——どうしてくれよう……感情に収まりがきかない。

脇息に置いた手が、今にもそれを握り壊してしまいそうだった。

「……今日の話し合いはここまでにするとしよう」

言うが早いか席を真っ先に立った関玿と、それを正面から座して見上げる王維。

二人の間には見えぬ火花が散っていた。

——前言撤回。この男、問題大ありだ。

5

宮女脱走未遂と紅林の言葉により、後宮内の見回りは強化され、衛兵も以前より短期間で配置換えされるようになった。

おかげで、随分と後宮の空気は、正常なものへと戻りつつあった。

小茗に宮女達のほうはどうかと様子を聞いたが、どうやら脱走は失敗するものとしっかりと広まったらしく、浮ついた空気もひとまずは落ち着いたようだ。

『笞刑が死ぬかと思うほど痛かったって言ってるので、私みたいな馬鹿な真似をする娘はもう出ないと思いますのでご安心を！』

と、小茗は固く拳を握って生き生きとして教えてくれた。その噂の広げ方はどうかと思うが、真似をする者がいなくなるのは良いことだ。

「これなら、じきに見回りの数も徐々に減って元通りになるでしょうね」

宮女の脱走騒ぎが起きた時はどうなるかと思ったが、すぐに対応したからか、真似をする者も出ずに済んだ。

何より、即座に各方面への対処を指示してくれた夏侯伝の力も大きい。

彼が内侍長官になってくれて良かった。物事の迅速さと的確さは、以前の内侍長官とは比べものにならない。

「ということで、後宮は小康状態だけど、青藍宮のほうはどうかしら？　徐瓔」

今日も今日とて赤薔宮には、青藍宮の侍女である徐瓔がやって来ていた。

そのうち深衣の色が、青から紫になりそうな頻度である。

「徐瓔さん。あなた、こんなに赤薔宮に来て、宋賢妃様にそろそろ怒られるんではないの」

「一応、仕事ついでに出てきてるんで大丈夫ですよ、朱蘭様」

「ちゃっかりしてますね、徐瓔さん」

「さすが」と朱香は感心し、朱蘭は両手を腰に当てて「まったく」とぼやいていた。

徐瓔は卓の真ん中に置いてある月餅《ユエピン》をひとつ摑むと、ムシャリと口に入れ、「うん、美味」と頬を動かしながら唸っている。丸型のもっちりとした薄皮の中に蓮《はす》の実餡《みあん》が詰め込まれ、スッキリとした甘さと皮の香ばしさで、いくらでも手が伸びてしまう。

四人はズズッと茶をすすって、ほっと丸い息を吐いた。

最近はこのように、徐瓔が来たら全員で休憩をとることになっていた。

人も使用している部屋も少ない赤薔宮では、急ぎの仕事というものは少ない。朱姉妹には、いつでも休憩をとっていいと伝えているのだが中々とろうとせず、紅林が『徐瓔が来たら全員でお茶の時間』と無理矢理に決めたのだ。

宋賢妃などは暇があれば帯や長袍の柄などを考え、侍女や女官に生地や糸の手配をさせたりと色々忙しいらしいが、これといった物欲がない紅林は、関玿が贈ってくるものだけで満足している。あまりに紅林が何も欲しがらないから、朱蘭が関玿から贈ってくれるよう頼んでいる、と先日朱香から聞いた。

――だって、どんなに高価な衣装を持ってたって、燃える時は一瞬だし。

一度全ての贅《ぜい》を失った紅林は変に達観していた。

「ああ、そうそう。青藍宮の様子でしたね、紅貴妃様」

空になった茶器に自ら茶を注ぎながら、徐瓔は「うーん」と片眉を下げる。あまり芳《かんば》しくないのだろうか。

「ええと……衛兵の配置異動が多くなって、親密になる前に交替しちゃうから新しい恋は芽生えてなさそうなんですけど……」

「けど？」

「今度は、できてた男女が変に『これは天が与えた試練だ』って燃え上がっちゃってまして」

「あぁー」と、紅林と朱姉妹は沈んだ声で納得の相槌《あいづち》を打つ。

「なまじ離れちゃったぶん、変に燃え上がっちゃったのね」

「紅林、それって織女《しょくじょ》と牽牛《けんぎゅう》みたいな感じかな？」

「そうかもしれないわね。まあ、一年に一回の逢瀬で満足してくれたら良いんだけど」

四人は顔を見合わせ『そんなわけない』と首を横に振った。

「あら、でもそういう徐瓔さんも確か、どなたかに懸想していたんじゃなかったかしら？」

朱蘭がはかるような目つきで徐瓔を見れば、徐瓔は顔の前で『ないない』と大きく手を左右させる。

「そりゃあ、日常にちょっとした甘い刺激くらいだったら欲しいですけど、そこまでして会いたいとは思いませんよ。前も言いましたけど、遠くから見てキャッキャするくらいでちょうど良いんです。私は本気じゃなくて遊び程度なんで」

「徐瓔さん大人だあ」

朱香が小さな拍手を送ると、ふふん、と彼女は胸を張っていた。調子に乗りやすい彼女には、秘匿の恋は確かに無理そうだ。

などと失礼なことを紅林が思っていると、徐瓔が上体を卓の上で滑らせ、ずいっと顔を近づけてきた。

「紅貴妃様、皆の熱を冷ます方法ってないですか？　落ち着けって言っても、絶対にこれは運命だからってすっかりのめり込んじゃって困ってるんですよ」

「そうねえ……」

紅林は徐瓔の顔を押し返しながら、最後のひとつになっていた月餅をひょいと摘まむ。徐瓔が「あっ」と声を上げたが、お構いなく口へ放り込んだ。控えめな甘さが、脳にほどよい活力を与えてくれる。

そして茶と一緒にゴックンと喉の奥へと流し込むと、紅林は親指をぺろりと舐《な》めながら言った。

「じゃあ、本当に運命かどうか、分からせてあげたら良いじゃない」

徐瓔と朱姉妹は「え」と、予想外の紅林の言葉に目を丸くしていた。

その昔、翠月国の端にある桂徳州《けいとくしゅう》という地で、百花宴《ひゃっかのえん》というものが行われていた。桂徳州は多種多様な花の産地であり、四季ごとに貴族も役人も平民も身分問わず集まって、大々的な園遊会が行われていたそうだ。

そこで行われた遊びのひとつに『花結び』というものがある。

芙蓉の花を使って行われる花占いの一種で、朝、咲いたばかりの花に想い人の名を書く。芙蓉は朝咲いて夜には散る一日花である。名を書いた花が散った時、丸く卵を抱くような形で散っていれば、その花のごとく想い人との子を身ごもれるというものだ。

「本当に想い人が運命の相手なら、きっと占いも良い結果になるはずよ」

「さっすが、困った時の紅貴妃様！　占いなんて面白そうだし、皆も絶対やると思いますよ！」

徐瓔はキラキラと目を輝かせ、声を弾ませる。

「確か、後宮の西側にたくさん白い花が咲いてたわよ。木立一面に咲く姿は実に見事だったわ」

「分かりました！　西側の白い花ですね」

「ええ。あ、ちょっと待って。芙蓉の絵を描いてあげるわ」

スッと立ち上がった朱蘭が持ってきてくれた紙と筆で、サラサラと芙蓉の絵を描いていく。ひらひらと柔らかそうな花弁の中に一本だけ伸びた柱頭。

徐瓔に渡すと、彼女は目に焼き付けるかのように凝視して「覚えたわ」と呟いていた。

自分は遊び程度などと言っておきながら、彼女も占いはしっかりとやるつもりなのだろう。お調子者め。

「ありがとうございます、紅貴妃様！　これでしばらくは皆の気も逸らせるわ」と言いながら、徐瓔は花の絵片手に、跳ねるような足取りで青藍宮へと帰っていった。

一気に静かになった赤薔宮だったが、次の瞬間ガタガタと椅子を鳴らして朱香が立ち上がった。その顔は焦りに焦っている。

「ちょっと紅林、あんなこと教えて大丈夫なの!?　もし、占いで良い結果が出ちゃったら、余計に運命だーって燃え上がって、青藍宮がもっと大変なことになるよ!?　宋賢妃様が攻め込んで来ちゃう！」

「そんな逞しい後宮話、聞いたことないわよ」

噂や毒を使った邪魔者排除は聞いてきたし見てきたが、相手方に乗り込んでの直接排除という、そんな気合いの入った後宮妃の話は知らない。

「え、聞いたこと？　そりゃ、後宮の話なんて平民には伝わってこないし……」

朱香が不思議そうにきょとんとした目を向けてくるが、紅林はゴホンと咳払いで流す。

「えーまあ、安心して。この後宮で運命が結ばれることはないから……絶対にねえ」

ふふふ、と片口を上げて喉の奥で笑う紅林に、朱香は「紅林がこわいよぉ」と朱蘭にしがみついたのだった。

◆

数日後、肩を落として口をぽかんと開けた徐瓔がやって来た。

「……彼は私の運命じゃなかったです」

「やっぱり。ちゃっかりあなたも花結びしたのね」

「しかも、結構信じていたみたいですわね」

「全然気を逸らせてないですよ、徐瓔さん」

さめざめと卓に突っ伏して泣く――ふりだろうが――徐瓔に、三人は胡乱《うろん》な目を向けた。

「それでどうだったのよ、結果のほどは」

徐瓔はむくりと身体を起こし、ちっとも濡《ぬ》れていない目元を擦る。

「それが全滅ですよ、ぜ・ん・め・つ！　誰ひとりとして、花が丸くなって散った娘はいなかったんです。全員ぺっしゃんこになって……。何度やってもたくさん名を書いても、全部ぺっしゃんこ！」

「何度もやったら駄目ですよ。占いの規則に反してるって」

「そこまでしても結果が出ないのなら、これはもう絶対に運命じゃないのでしょうね」

「朱姉妹ひどい！　そんな冷静な追い打ちかけないで慰めて！」

徐瓔に縋るような目つきで見られ、紅林は種明かしをすることにした。

「当然の結果なのよ。だってあの花、芙蓉じゃないもの」

左右の靴が間違ってるわよ、と言うくらいの何気なさだった。

少しの間があって、三人の「えええええ!?」という驚愕《きょうがく》の声が部屋に響き渡る。

「えええええ！　嘘だったんですか、紅貴妃様！」

「あら、私は西側の花が芙蓉だなんて一言も言ってないわよ。ただ、白い花がある場所を教えて、芙蓉の花の絵を描いただけだもの」

「でも、描いてくれた絵と同じ花でしたよ⁉　絵が芙蓉なら、あの白い花も芙蓉のはずでしょう？」

「絵は芙蓉だけど、咲いていたのは木槿《むくげ》。芙蓉とは見分けるのが難しくて間違われやすいのよねえ」

「そんなの知らない！」と、徐瓔は頭を抱えて椅子から仰け反っていた。

「慈花様なんて、今日も諦めず朝に名を書きに行ってたんですよ。可哀想に……」

「それって、侍女頭よね？　色事には興味がないって言ってたのに」

「ええ。侍女頭に相応しく、青藍宮内を見回ってくれたり、衣装の管理とかの雑務を手伝ってくれたり、まさに皆のお姉さんって感じの人ですよ。確かに、色事とは一歩距離を置いてるようですけど、これは占いですからね。占いは皆好きでしょう？」

乱暴なまとめ方だとは思うが、確かに占い好きは多い。紅林も暇な時は、無意味に明日の天気を雲の形などで占ったりしているし。

「ところで、紅貴妃様は何故その花が木槿だと分かったのですか」

徐瓔に茶を出して、朱蘭はそのまま彼女の隣に腰を下ろす。

「花の落ち方に違いがあるのよ。芙蓉は饅頭《まんじゆう》みたいに丸くなって落ちるけど、木槿はたたんだ傘のように三角になるの。夜、寝宮へ行く時に見て木槿だって気付いたのよ」

本来の花結びは、木槿の中に芙蓉を入れて行うものだったらしいが、今回は全て木槿だ。

「じゃあ、どの花に名を書いても……」

「ええ。丸まって散ることは決してないから、絶対に想い人とは結ばれないわね」

「ひどい！」と徐瓔は嘆いていたが、熱気を冷ますにはこのくらいの荒療治は必要だろう。

「でもこれで、徐瓔みたいに『彼は運命じゃなかった』って消沈してくれる侍女も増えるし、安心でしょう？」

徐瓔はぐっと息をのんで、「確かに効果はあった」と不承不承にだが頷いていた。

「けど、芙蓉の花もきっと探したらどこかにあるはずよ。後宮には色んな花が咲いてるもの」

「それでまた木槿だったら嫌だから探しませんよ」

こりごりだとばかりに長い溜息を吐いた徐瓔を、三人はクスクスと笑って見つめていた。

「それにしても、本当に朝咲いて夕方には散るんですね」

「木槿も芙蓉も一日花だから」

芙蓉も木槿も朝が来るより早く花をほころばせる。

朝日に照らされた姿も美しいのだが、その前の青い薄闇の中で咲く姿が紅林は一番好きだった。全てがまだ眠りの中にある時に、息をひそめるようにして蕾《つぼみ》を開く白い繊細な花。色がないしんとした世界で、音もなくそこだけが色づいていく景色は、幽美が極まっていた。

そこで、紅林は『ん？』と疑問が浮かぶ。

——私、どうしてそんな景色を知ってるのかしら。

脳裏に浮かぶ記憶は、宮女時代のものでも下民時代のものでもない。もちろん貴妃になってからでもない。

しかし、記憶の中の自分が佇《たたず》んでいるのは確かに後宮だ。

——林紅玉だった頃？

だが、ただでさえ母の宮から出ることを許されなかった自分が、夜に宮の外にいたことがあっただろうか。

——どうして、私はそんな時間に宮の外にいたの？　ひとりだったかしら？　それとも……。

紅林は、記憶探しにどんどんと意識を沈めていく。

「一日花ねぇ……恋も花も儚《はかな》いものですね」

しかし、徐瓔の声でぷつりと集中が切れ、意識が現実へと戻ってくる。

「儚いからこそ……人は魅せられるのかもしれないわね」

紅林が窓の外に目を向ければ、三人も視線を追って窓の外を眺めた。チチチと鳴きながら小さな鳥が横切っていく。

穏やかな日和だ。

「まあ、これで一段落ね」

安穏さが窓から滲み出てきたように、部屋の空気も安堵に包まれていた。

しかし、ここは後宮。

穏やかな日々が続くはずがなかった。

翌日、朝早くから赤薔宮に切迫した声が飛び込んできた。

何事かと出迎えれば、涼やかな朝に似合わないほどの汗で顔を濡らした内侍官は、肩で息をしながら叫んだ。

「さ、昨夜、女官が何者かに襲われたということです！」

やっと……と思ったのに次はこれか、と紅林は頭を抱えた。

【三章・後宮に渦巻く策謀】

1

内侍官について内侍省へと駆けつけた時、部屋の中には既に紅林《こうりん》以外の四夫人と内侍長官である夏侯《かこう》偲《しん》が席に着いていた。

部屋の空気は緊張に満ちていて、紅林が足を踏み入れただけで、四人の目がいっせいに向けられる。

道中に内侍官から仔細《しさい》を聞いていた紅林は小さく頷き、皆に事情を把握していることを伝えると、紅林が席に着くなり話がはじまった。

「その女官の狂言ということはないのか、内侍長官」

「女官の体内には男の跡がありましたから。残念ながらその線はないかと、李徳妃《りとくひ》様」

襲われた女官は深夜、房の外からの物音で目を覚まし、様子を見に行った際に何者かに襲われたという。外は暗く、また混乱していたこともあって、犯人の姿などは覚えていないらしい。そして今朝、同僚の女官が近くの木立の中でうずくまっている彼女を見つけ、内侍省へ訴えがあったのだとか。

「まったく……ただでさえ青藍宮《うち》は忙しいっていうのに。宮女脱走の次は女官が襲われたですって？　急に色々と事が起こりすぎじゃないの⁉」

宋賢妃《そうけんひ》の真っ赤な唇が、苛立《いらだ》たしげに引きつっていた。気の強さを表した上がり気味の眉はさらにつり上がり、紫色の瞳が隣に座った紅林へと向けられる。

「やっぱり、狐憑きなんかが貴妃になったからかしらぁ？　不幸を運んでくるって本当だったのねぇ。後宮でも噂になってるわよ」

この言葉に反応を示したのは夏侯俍だけだった。短い眉が眉間へぎゅっと吸い込まれている。

しかし、宋賢妃に何かを言うことはなかった。彼は言いたそうに一度口をうっすらと開きかけたのだが、紅林を含めた他の三人が何の反応もしなかったこともあって、自分が口を出すべきではないと判断したのだろう。

ことあるごとに狐憑きと嫌みを言う宋賢妃に、三人は『またか』くらいにしか思わなかった。

「話の腰を折る私のことは置いておいて……」

紅林がさらりと、なかったことのように流す。「ふんっ」と、隣から面白くないとばかりの鼻息が聞こえた。

「それで、内侍長官様。その被害にあった女官をどのようにされるお考えでしょうか」

紅林が話を進めたことで、夏侯俍の愁眉も開く。

「他の男の種を受けた者を、このまま後宮には置いておけませんから……」

「しかし、その女官に責任はないのではなくて？　もし冷宮送りをお考えでしたら、あまりに可哀想な気がしますわ」

夏侯偀の『から』という言葉の先にある意思を先読みした景淑妃《けいしゅくひ》が、食い気味に被せる。

彼女の『冷宮送り』という予想は妥当だ。

後宮の女人は全て皇帝のものである。他の男と不義密通をしたとなれば、皇帝を裏切る行為に等しい。しかるべき罰が下される問題だ。

しかし――。

「尼寺送りでしょうね」

夏侯偀よりも先に紅林が答える。

「今回の女官に責任はありませんから、罪に問うのはあまりに無慈悲というもの。しかし、だからといって内侍長官様の言ったとおり後宮に留め置くこともできません」

「それはあまりに冷たくはないか、紅貴妃《こうきひ》様。実家に返してやれば良いだろう」

李徳妃にしては珍しく恩情ある発言だ。彼女の少年のような声は曇っており、紅林に向けた視線と合わせて明らかな批難を向けていた。

だが、紅林は怯むことなく首を横に振る。

「後宮で男に襲われたなどと民に漏れれば、今後の陛下の後継問題に影響が出てしまいます。たとえ血筋に間違いのない子であろうと、民は『もしかして』と思ってしまうでしょう。小さなヒビでも家は揺らぐものです」

しかし、と李徳妃が口を開きかけたが、わずかに夏侯俍のほうが早かった。

「紅貴妃様の言うとおりです。後宮内はもちろん、街へ戻すこともできない。その中で冷宮送りが憐れとなると、残りは尼寺送りしかないと」

「……なるほど。それならば確かに尼寺送りが妥当だな」

夏侯俍の賛同が得られたことで李徳妃も納得したのか、鼻から息を吐いて椅子の背もたれに身体をもたせかけた。

「しかし、後継問題か……まさか、これがそこまで波及するものとはな」

李徳妃の椅子がギッときしんで、部屋に神妙な空気が流れる。

皆、『後継』という言葉を聞いて、今回の件を自分の身に置き換えたのだろう。もし子を授かったとして、その子が周囲から猜疑《さいぎ》の目で見られ続けるのは、誰だとて耐えられないはずだ。

「ふんっ。そんなこと少し考えれば誰でも分かるわよ」と、面白くなさそうに宋賢妃が鼻をツンと上向けた。

紅林は「そうですね」と同意を口にしたが、『誰でも分かる』わけがないことは皆、薄々理解していた。

この場で将来の後継問題まで見据えていたのは、おそらく紅林しかいなかっただろう。たとえ、妾《めかけ》を置いている貴族や大店《おおだな》の家で同じことがあっても、後継問題になど言及されない。被害にあった使用人を追い出して終わり。解決。それが普通なのだ。

しかし、それは王宮の外の世界の普通。

その世界で育ってきた者達は、後宮特有の思考回路を持ち得ない。白亜の壁の外の常識は、ここ後宮では通用しないのだ。

そしてまた、普通でないのは紅林も同じだった。

生まれた時から愛憎渦巻く後宮という、溺れれば死のみの底なし沼で、溺れないよう浮かび続けてきた。否が応でも後宮でのものの考え方というのが、骨の髄まで染みつくというもの。

夏侯俍が、何かをはかるような目つきで紅林を見つめていたが、紅林は気付かないふりをして、正面の窓から見える景色を見るともなしに眺めていた。

「そ……それで、女官の尼寺送りは良いとして、これからはどうするのよ」

カツン、と宋賢妃が指で卓を弾《はじ》いた音で、一瞬にして皆の意識が本題へと引き戻される。

「内侍長官様、犯人は？」

紅林の問いに夏侯俍は表情を暗くした。

「まだです。というより、見つけ出すのは困難かと。おそらく犯人は、夜間の見回りに乗じた衛兵だと思われますが、全員に聴取をしたところで犯人が白状するとは思いませんし、何より証拠がありません」

バンッ、と今度は卓を叩いて宋賢妃が立ち上がる。

「ちょっとそれじゃ困るのよ！　宮の門は衛兵が守ってるのよ⁉　もし、犯人が青藍《せいらん》宮《きゅう》の門兵になって、夜に密かに入ってきたらどうするの⁉　これじゃあ宮の中にいてもおちおち安心して寝てられないわよ！」

彼女の言うことはもっともだった。

夜――後宮門が閉じられると、各妃嬪宮も門兵により閉じられる。それにより妃嬪達の安全は保証されていたのだが、こうなると話は変わってくる。

「ひとまずの処置ですが、今夜から後宮門が閉じられたあとは、後宮内を女人のみとしましょう」

思い切りの良い紅林の提案に、他の者達は眉を微動させたり、目を見開いたりと、それぞれ少なからずの驚きを見せた。

「……内侍省の者達もでしょうか」

夏侯俍も小さな瞳をさらに小さくしている。

「ええ、申し訳ありませんが。後宮門が閉じられたあとは、内朝の別の場所で過ごしていただければ」

「それは構いませんが、しかしそうすると後宮内の夜間の警備が手薄になりませんか」

「そうよ！　夜間の見回りはどうするのよ！」

立ったままだった宋賢妃の焦り声が、頭上から注がれる。

「もちろん、全て後宮にいる者達だけで行います。後宮内に残るのが女人だけですので、今ほどの見回り人数は必要ないと思いますが、その他の問題が起きないとも限りませんので。人数も多い宮女に交替で見回りをお願いすれば良いですし」

「それに」と、紅林は顔を上向け、見下ろしてくる宋賢妃に笑みを返す。

「後宮から男がいない間は、青藍宮も安心できると思いますよ。あの侍女頭の方も、夜に気を張ることなく、枕を高くして眠れることでしょうね」

しばし、紅林と宋賢妃との睨み合いが続く。

先に睨み合いから下りたのは宋賢妃だった。

「まあ……それもそうね」

それ以上、彼女は反論することはなく、身体を投げるようにして椅子にどっかと腰を下ろした。

どうやら納得してくれたようだ。

彼女が一番恐れているのは、青藍宮の侍女が恋に浮かされた勢いで誰かと密通しないかだ。そして、その危険性がもっとも高いのが、皆が寝静まった夜である。

宮の門が閉じられていると言っても、外から鍵をかけられるわけではない。内鍵はあるが、そんなもの宮の中の者であればいつでも外せる。

もし門兵と内通していれば、宮を抜け出したのを内緒にしてもらい逢瀬することなど容易なものだ。

きっと侍女頭の慈花《じか》は、夜はまともに寝られていなかったことだろう。

宋賢妃が大人しく飲み込んだのも、彼女のことが念頭にあったからと思われる。徐瓔《じょえい》が宋賢妃の侍女を辞めないのを見ても、案外、彼女は自分の身内には優しいのかもしれない。

「あくまで一時的な処置です。その間、内侍長官様には夜間に怪しい動きをする者がいないか、注視願います」

「かしこまりました。では、僕は陛下に経緯を報告しに行きます。内侍官達の夜間の宿房も見繕わなければなりませんし。夜間見回りなどについては、こちらは関知できませんので皆様のほうで話し合われてください」

そうして部屋の扉がパタンと閉まった瞬間、景淑妃は上に、李徳妃は横に、宋賢妃は下に、紅林は正面を向いて、揃いも揃って大きな溜息を吐いた。

皆の溜息が『面倒なことになった』と言っていた。

◆

「――それで宮女長を呼んで、見回りの人数や時間や巡回路を決めたり、あーだこーだしてたらこんな時間になったってわけ」

赤薔宮《せきしょうきゅう》の窓から射し込む光は、今が一番明るく熱い時間だ。

「なるほどな。仮からの話を聞いて、紅林に会えなくなると急いでやって来たが、どうりで待てど暮らせど紅林が帰ってこないはずだ。おかげで、朱姉妹には何度も湯を運ばせてしまった」

床に置かれた盆の上には、茶壺《ちゃこ》と茶杯が置かれていた。いつも関玿《かんしょう》が来た時に使っているものと違い、地味な茶壺だ。他の茶壺は全て使ってしまったのだろう。

「随分と待たせてしまったみたいね、ごめんなさい」

「俺が好きで待っていたんだから気にすることはないさ」

関玿の手が紅林の頬を撫で、そのまま顔横にあった髪を耳にかける。

最近、会うのはもっぱら寝宮が多かったため、改めてこうして明るい空間で穏やかな時間を共にしていると、気恥ずかしくなってくる。

──寝宮ではいつも何が何だか分からなくなっちゃうし……。

関玿の顔を見る余裕もなく、奔流に飲み込まれそうになる意識を繋ぎ止めるのに必死になってしまう。

思い出したらさらに恥ずかしくなり、紅林は顔を手で扇《あお》いだ。

「あーえっと、こんなに今日はゆっくりしていていいの？　ほら、もうお昼も過ぎたし辰砂国《しんしゃこく》との会合は……」

「今日はないよ。向こうも毎日話し合いだと疲れるだろう。時には休息も必要だ」

──ということは、王維《おうい》も休みってことね。

しかし、呼び出しはない。

あれだけ強引に迫ってきておいてこのまま……などということは考えづらい。時間があるのに何故今日は呼び出しがないのか、と不思議に思ったが、紅林は自分が今誰といるのかを思い出した。

目の前で、茶を絞りきろうとして茶壺を限界まで傾けているのは、他国の太子よりも優先されるべき存在である、我が国の皇帝だ。

──もしかして関玿は、内侍長官様からの報せがなくても来てたんじゃ……。

あり得る。関玿は、後宮に興味がない人なのだ。いないと分かれば、すぐにでも自室へと帰っていきそうなものなのに、今日はこうして茶を絞り出してでも傍にいようとする。

もしや、王維に呼び出されても行けないようにと、わざと長時間居座っているのか。

だとすると、彼は王維と自分の関係を知っているということにならないか？

そう思った瞬間、ドッと動悸《どうき》が激しくなった。どくんどくんと心臓が跳ねるたびに、胸の内側で冷や汗が飛び散る。

他の男に迫られているなど、決して関玿には知られたくなかった。

「ね、ねえ……関玿」

「なんだ？」

「その……王維殿下とは外交の話の他に、何か話したりするの？」

盆の上でカチャカチャと杯を触っていた関玿の手が、ピタリと止まった。

「太子が気になるのか」

先ほどまでの穏やかな空気は一瞬にして消え、沈黙の中で、関玿の真っ赤な瞳が矢のごとく紅林をまっすぐに射抜く。

「いえっ……あの、ただ関玿が表ではどんな風にしているのかなと思って。私の知るあなたって、衛兵の時のような気さくな姿ばかりで、皇帝って感じがまったくしないんだもの。他国の人とはどんな話をするんだろうなって、ちょっと気になっただけで……」

言いながらも身体の中は冷えきっており、舌を意識的にまわさないと言葉が詰まってしまいそうだった。

詰まった先に待ち受ける沈黙が怖かったのだ。

関玿に、自分のことで迷惑をかけるわけにはいかない。

——私は、存在するだけで迷惑なんだから……国政の足かせになっちゃ駄目。

「辰砂国との外交は上手くいきそうなの？」

「ああ」と関玿の視線が盆へと落ちると一緒に、彼は止めていた手を再び動かしはじめた。

盆の上で奏でられる微かな雑音が、今はありがたかった。

「なあ、紅林。林王朝時代にも辰砂国と関係があったと思うが、太子が訪ねてきたりしたことはなかったのか」

紅林の喉が上下した。

——こ、これは、どういう意味で聞いているのかしら……っ。

もしかして、が脳裏をよぎる。

いや、きっと関玿はただの世間話として聞いているのだろう。

紅林は普段通りに「そうねぇ」とのんびりとした声を出して、顎に指を這わせ平静に努める。

「辰砂国の民間商隊を歓待した酒宴には出たことがあるけど……あの国から太子や王族

が訪ねてきたことはなかったわ」

「民間？　今回のように、国営商隊が相手ではなかったのか」

「私も幼かったから詳しいことまでは把握してないんだけど……多分十歳くらいじゃないかしら……その当時、辰砂国の国営商隊って聞かなかったのよね。元々なかったか、それとも今みたいに管理されてなかったかってところかしら。だから、酒宴があってももっぱら民間商隊とで、母は貴妃だったからよく呼ばれていたわね」

「そうか」

ふむ、と関玿は何か考え事をするように押し黙ってしまった。

しかし、意図せず政治的な話題になったことで、ヒリついていた空気も幾分かマシになり、紅林はほっと安堵する。

そういえば、と紅林は床についていた手の下を見て気付く。

「この絨毯って色画絨毯よね。こんな珍しいもの、どうしたの？」

いつも座る場所と言えば長牀なのだが、今日の紅林と関玿は床に座っていた。

正確に言えば、床に敷かれた大きくぶ厚い絨毯の上にだが。

絨毯は赤色の毛と白色の綿の混紡糸で地が編まれ、浅黄や紅藤、翡翠や月白といった様々な色で絨毯全体に花の画が編まれている。翠月国《すいげつこく》にも敷物《しきもの》はあるが、ここまで絵柄が編み込まれたものはない。せいぜい画といっても直線的なものばかりだ。

厚みがしっかりとあり床の硬さが響いてこないため、座っていても痛くならず、良質なものであることが窺えた。

「やっぱり紅林は知っていたか。特使団が持ってきた品の中で見つけてな。紅林の部屋に合うと思って運ばせたんだ」

「馴染みすぎて、普通にこの上で過ごしてたわ」

床に座ってはいけないということはないのだが、紅林は硬い床が嫌で長牀ばかりを使っていた。しかし、これならば床でのんびり身体を伸ばせそうだ。

「嬉しいわ、ありがとう関玿。でも、宋賢妃様が欲しがってたから、知られたら怒られちゃうかもしれないわね」

肩をすくめて冗談めかした笑みを漏らせば、関玿も笑いながら頷く。

良かった。もういつも通りだ。

「他にもまだあったはずだから大丈夫だろう。残りの品は妃嬪達に選ばせるとするか。すごい量だったたな。調度品や服飾品だけでなく、果木や薬に色鮮やかな鳥までいたし」

こんなの、と関玿は果木になった実を手で形作ってみせていた。新しい玩具にはしゃぐ少年のようで、愛らしく思ってしまう。

――冷帝だなんて言われてる人に愛らしいだなんて、失礼かしら。

自分だけが、誰も知らない彼の一面を知っていることに嬉しさがこみ上げる。

「そんなにあるのに、私は自分で選べないの？」

「紅林のは俺が選ぶ」

「どうしてよ」

片頬を膨らまして、顔で不満を伝える。

関玿は笑みを濃くして、膨らんだ紅林の頬を指でついた。ぷしゅっと紅林の口から不満が抜けていく。

「選ばせてくれ。お前が俺のものだと余すことなく知らしめたいんだ。それに、愛する女を飾り立てるのが男の夢というもの。お前に惚れた男のしょうもない見栄《みえ》だと笑ってくれ」

頬をついた関玿の指は肌を滑り、紅林の唇の真ん中で止まった。

そして、一度唇を柔らかく押すと離れていき、紅《べに》のついた指はそのまま関玿の唇へと着地する。指がスゥと彼の唇をなぞっていく。

関玿の唇はうっすらと色づき、紅林の唇と同じ色になる。

それが妙になまめかしくて、紅林は指先から這い上がってきたじんとした痺れに、背の中心を上から下に貫かれ身体を熱くした。

次の瞬間、首後ろを強く引き寄せられ、肩口に関玿が飛び込んでくる。

「ん――ッ」

歯でも立てられたのか、首にチクリとした痛みが走った。

痛みは一度のみで、ゆるりと関玿の頭が離れていく。俯きがちな関玿の顔は前髪で隠され、隙間からチラチラと見える赤い瞳が紅林を見つめている。

関玿は、背中を大きく膨らませると「はぁ」と溜息を吐いた。

「……その顔は俺以外に見せるなよ」

「え……」

はたして自分は今、どのような顔をしているのだろうか。

ただ、相手を飾り立てたいという男の夢は少し理解できた気がする。自分の紅《べに》が乗っただけでこれなのだから。

「夜は男子禁制になるから、落ち着くまでは夜伽を我慢してくれと侲に言われた。だから虫除《むしよ》けだ」

「虫除け？」

よく意味が分からず首を傾げたが、関玿は顔を背け、立てた膝の上でついた頬杖で口元を隠してしまった。やはり意味が分からない。

「ああ、そうだ。景淑妃と話はできたのか？」

何のことだろうか、と紅林は首を傾げる。

「以前、景淑妃のことが気になる素振りを見せていただろう。ほら、奏上の件で何か辰砂国と関わりがあるのかと」

ああ、と得心の声を漏らし、紅林は景淑妃が昔縁があったと言っていたことを話した。

「なるほどな。後宮に入るまで、生き方は皆それぞれだし、縁があっても不思議ではないな」

「本当にそうね」

焼け出された亡朝の公主が、こうして後宮妃になっているのだから人生は分からないというもの。

ふと、男と内侍省に入っていく景淑妃の後ろ姿を思い出した。

しかし、思考にふける前に朱姉妹が新しい茶を持ってきたため、すっかり頭の隅においやり、日が暮れるまで四人で辰砂国や翠月国の話に花を咲かせていた。

2

関玿は夏侯偲から、後宮で今起きていることが原因で、夜間の後宮は犯人が見つかるまで男子禁制となるという報告を受けた。

だから、一度後宮の様子を自分の目で確かめるという意味でも、紅林を訪ねたのだった。

彼女は後宮のことをよく把握しているようで、夏侯俍の報告にはなかった話も色々と聞け、やはり貴妃にして正解だったと思ったものだ。

後宮妃の役目は、皇帝の子を産むこと。

そのために、皇帝の目に留まるようにと女達は美を磨き、着飾り、他者の足を引っ張ることに策略を巡らすと聞く。しかし、関玿は後宮妃に子を求めはしても、美しさや煌びやかさなどの外面の良さで目を掛けることはしない。

関玿が自分の隣に置く者として、求めることはただひとつ。

同じ方を向けるかどうか——である。

美しい飾りものが欲しいのではない。

男の権力を笠に着て、後宮に君臨するだけの女が欲しいわけでもない。

後宮という、もうひとつの権力集中の場を自力で掌握できる、自分と並び立てる者が欲しいのだ。

その理想とする者に、紅林は一番近かった。

惚れたがゆえにそう感じるのか、そう感じたから惚れたのかは分からないが、彼女のような存在は二度と現れないだろうと思い、宰相である安永季《あんえいき》の反対を押しきって宮女から貴妃に据えた。

今のところ、彼女に不満を抱いたことはない。

むしろ、予想以上だ。

特に、神経質な夏侯仮が文句を言わないところを見ると、彼とも上手くやれているようだ。

だから、すっかり安心していた。

今日、彼女の反応を見るまでは。

最初は普通だった。しかし、話に辰砂国の名が出た途端、彼女の様子が怪しくなった。

彼女は上手く隠している様子だったが、視線がわずかに合わなくなったのだ。

「赤王維《せきおうい》か……いったい紅林とどんな関係があるんだ」

関玿は、執務机に筆を置き、椅子の背もたれに身体を預けた。

胸元を雑に緩めれば、少しは気分もマシになる。

「紅林の口ぶりからすると、何か王維に弱みでも握られたか？」

彼女は、王維と話した内容について気にしていた。外交交渉を気にしているわけではなく、何か別のことで話したことはないかと尋ねてきた。

それは、自分に聞かれてはならないことを、王維との間で共有しているということにはならないか。

「会合の場での発言からして、奴は紅林の正体を知っていて、しかも好意を寄せている……が、紅林は公主時代でも、辰砂国の王族にすら会ったことはないと言っていた」

紅林の言うことが、嘘か本当かまでは分からない。

「最悪の場合は、紅林と奴が元恋人で、再会して火がついた……といったところだが、まあその線はなさそうだな」

彼女は二心を抱ける者ではない。

自分の迷惑にならないためと、己の首に自ら歩揺を突き立てようとしたほどの者だ。

「ここで俺が間に入ることもできるが……」

しかし、彼女はそれを求めないだろう。

今、彼女は自分で闘わねばならない時なのだ。

表の官吏にも、貴妃が狐憑きだということを明かした。予想通り、受け入れられることはなかった。だからこそ、自分に降りかかった問題くらい彼女自身で解決できなければならないのだ。

後宮だけでなく、表側の者達の信頼を少しずつでも勝ち取っていくために。

「後宮のことは任せてくれと言われたしな。男らしく、ここは外から見守るに徹するか」

ただ、それは奴の手が紅林に触れない限りだ。

もし彼女を自分から奪おうとするのであれば……。

ふっ、と関玿は自嘲した。

「俺もまだまだ若いな」

◆

紅林は、目の前で相変わらず悠然とした笑みを向けてくる男に、眉間を険しくした。

今朝、内侍長官に女官を襲った者の捜査に、その後進展はあったのかと確認しに内侍省を訪ねた。残念なことに進展はないと聞いて帰ろうとしていた時、ちょうど良かったと内侍官に止められたのだ。

嫌な予感がしつつも理由を聞けば、案の定、あの男から訪問の報せが入ったとのことだった。

そうして今、紅林は再び見たくもない顔を正面にして、苦痛と共に椅子に座り続けているのだった。

自分からは決して口を開かないと、ささやかな抵抗を見せる紅林だったが、それすらも王維は楽しんでいるようで、ニヤニヤと顎を上げて見下ろしてくる。

「随分と後宮が騒がしいようですね」

「……なんのことかしら」

紅林はしらを切った。

自国の騒ぎ具合を、他国の者に把握されることほど恥ずかしいものはない。

「女官が襲われたと聞きましたが？　それ以前にも脱走騒ぎがあったとかで、一夫多妻の国は大変ですねえ」

「どー―っ！」

どうして知っているのか、と声を上げかけた紅林だが、すんでのところで留まる。

既に手遅れかもしれないが、それでも彼の前では少しの動揺も隙も見せたくない。

「どうかお気になさらず。他国の方に心配してもらうようなことはないから」

王維の顔を見ていたくなくて、紅林は席を立った。

本当はこのまま部屋を出てしまいたかったが、当然許されるはずもなく、紅林は少しでも気分を変えようと窓辺に立つ。

二階から見える景色は後宮を取り囲む白壁と、脇の竹林。白と濃緑の対比は目に清々しく、王維の顔を見ているより幾分か気持ちも落ち着いた。

――彼は、なんのために私を訪ねてくるのかしら。

妻にならなければ正体をバラすということだったが、誰かに吹聴した気配はない。それ自体は安堵することなのだが、正直、毎日気が気ではない。

――ただでさえ、女官が襲われた事件の犯人も気に掛けていないといけないのに……。

はぁ、と窓の外に向かって溜息を吐いた時だった。

「そういえば先日、あなたを呼んでもらうよう内侍官にお願いしたんですが、『紅貴妃様は陛下が訪ねてきているため、お会いできない』と断られましてね」

いつの間にか隣にやって来ていた王維が、窓枠に肩をもたせかけていた。

紅林は一瞬驚きに小さくたたらを踏むが、横目で一瞥しただけで、視線を再び窓の外へと向ける。

「そう、それは残念ね」

——やっぱり呼び出していたのね。

ということは、関玿の作戦勝ちだったのだろう。

しかし、結局は関玿が再び政務に戻ればこうして王維に呼び出されるのだから、効果があるのかは不明だが。

——後宮を任せるって言ってもらったんだから、事件も彼についてもしっかりしないと。

ジリジリと焼けるような視線を注がれ、横顔が痛い。いったい、何が面白くて人の顔を見つめるのか。

あまりにもしつこい視線に、紅林もわずかに王維へと目を向ける。

そこで気付いた。

「……そういえば、あなたと景淑妃様って同じ色の目をしているのね」

事件を思い出していたからだろうか、話し合いの場での景淑妃の顔が浮かび、二人の共通点に気付く。

二人とも、澄んだ水色の瞳をしていた。

「景淑妃様……ああ、嵩凱《こうがい》の相手についていた妃ですか」

内侍省入り口で見た光景は、やはり見間違えではなかったようだ。相手の男の名は嵩凱というらしい。

「彼女がどこの生まれかは知りませんが、この目の色は辰砂国では珍しくないですよ。平民では」

平民ではと言った時、王維の背中に影が落ちたように見えた。

「そう。辰砂国に縁があるって言っていたし、そちらの血が入ってるのかもしれないわね」

「縁ねえ……。嵩凱は俺の側近ですが、このところ毎日後宮を訪ねているみたいですし、二人もこうして俺達みたいに、逢瀬を重ねているのかもしれませんね」

「逢瀬だなんて、冗談はやめて。これは、ただの貴妃としての役割よ」

「冗談……」

ツンとそっぽを向いて、紅林は肩にかかった自分の髪を背中へ払おうとした。が、突如、その手を王維に強い力で摑まれてしまう。

予想外の王維の行動に、紅林は瞠目した。

「ちょ、ちょっと急にな——あぁッ‼」

振りほどこうとした瞬間、強引に腕を引かれ、紅林は窓横の壁に押しつけられていた。手首と肩が壁に縫い留められ、両脚の間には王維の膝がねじ込まれ、完全に身動きが封じられる。

「俺が冗談でこんなことをしているとでも？」

「王、維……ッ」

「脅し方がぬるかったですか？　言い逃れできないほどの証拠でも作ったら、冗談じゃないって信じてくれますかねえ」

向けられた寒色の瞳は、今にも焼かれてしまいそうなほどに真っ赤に燃えさかっていて、思わず紅林は身震いする。

「ハッ！　そんなものまでつけて」

「そ、そんなものって……？」

肩を押さえていた王維の手が、紅林の首筋を撫でた。

「俺に襲われたら、あなたを後宮には置いておけなくなりますよね？」

手首を押さえつける力とは裏腹に、首筋に触れた手は、羽衣に触れるような繊細さで、紅林は「ん」とくすぐったさに身を捩《よじ》る。

「……牽制《けんせい》のつもりか知らないが、逆効果なんだよ」

ボソリと呟かれた王維の言葉はよく聞き取れず、何を言ったのか聞き返そうとしたら、それよりも早く今度は首筋に顔を埋められていた。

「――っ⁉　や、やめなさい、王維ッ！」

懸命に抵抗するが、片腕一本では当然男の力に勝てるはずもなく。それどころか、彼は紅林が肩を押そうと叩こうとびくともしない。

「俺だったらなんの躊躇いもなく、あなたに子を産ませてやれます」

「王――っ！」

王維の指先が、まだなんの膨らみもない紅林の腹部に触れた。

「この国で、あなたは決して幸せになれない」

王維が肩口に顔を埋めたまま話すため、彼の唇が動くたびに触れるか触れないかの位置で擦れて、もどかしくなってくる。

「わ、たしが……っ産み、たいのは……関玿との、子だけ……よ……っ」

「だが、堕胎薬は飲んでいるんでしょう」

反論できず、紅林は唇を嚙んだ。

伽のあった夜は毎回、関玿が寝ている隙に薬を飲んでいた。

医局にも堕胎薬はあるが、欲しいと言えば間違いなく関玿にまで伝わってしまう。宮廷に勤める官達は後継者ができることを望んでいるのだから、寵愛を一身に得ている貴妃が堕胎薬を所望したとなれば、表を巻き込んでの大騒ぎとなるのは火を見るより明らかだ。

だから、薬は全て紅林が密かに自作している。

公主時代に読んだ書物の中で得た知識と、後宮内に咲く多種多様な植物があれば、堕胎薬など容易に作ることができた。

もしかすると王維が同じ物を持っていたということは、あの丸薬は元は辰砂国のものなのかもしれない。以前は辰砂国と活発に交流があったこともあり、林王朝の後宮には辰砂国について書かれた書物も多かった。知らず知らずに、過去の自分はそれを手に取っていた可能性はある。

「子が欲しいくせに密かに堕胎薬を飲み、寵愛はひとり占め。今のあなたの存在は矛盾している。こんなの誰も幸せになりませんよ」

「――ってる……分かってるわよそんなことッ！」

衒《てら》いのない王維の言葉に、とうとう紅林は堪りかねて大声を上げた。

驚きに、王維の顔も肩口から離れ、睨み付ける紅林を驚愕の表情で見下ろしている。

喉が震えた。

悲しみからではない。感情の昂《たか》ぶりが全身から噴き出しているのだ。

「言われなくても、誰よりも一番私が私の矛盾に気付いてるわよ！」

真正面から真実を突きつけられて、痛いところを突かれ、でも、だったらどうしたら良いというのだ。

「まだ答えが出ないのよ！　彼の傍を離れたほうが、彼のためになるってことは分かってる！　でも、離れたくないのよ！　こんなのでも、私にとってはかけがえのない幸せな日々なの！」

「そんな顔して何が幸せですか。苦痛にしか見えないんですよ」

「うるさいっ！」

昂ぶった感情は、目から熱い雫《しずく》となってあふれ出し、王維の指によって拭われる。それさえも紅林は腹立たしく、さらに顔を歪めた。

「はぁ……本当にここで今あなたを手籠めにして、無理矢理にでも俺の妻として国に連れ帰りましょうか。他の男に抱かれた妃など、後宮に置いてはおけないでしょうし」

「そんなことさせるわけないわ――っ！」

王維の手が紅林の顔の両側に置かれ、逃げ道を塞がれる。

「大体、あなたにはこんな赤牡丹《あかぼたん》のような衣よりも、芙蓉のように可憐な白い衣が似合うんですよ」

次第に王維が距離を縮めてきて、紅林はギュッと目を閉じた――その時。

「紅林！」

突如、部屋の扉が勢いよく開き、焦り声と一緒に男が飛び込んできた。

瞬時に身体を離した王維は、入り口に立つ男を見て口の中で舌打ちをする。

「か……か、ん……しょう……」

壁に押しやられ、目元を濡らす紅林の姿を目の当たりにして、男——関玿の理性の緒がちぎれた。関玿の額には青筋が浮いており、全身から激憤と言っていいほどの怒りをまき散らしていた。

「何をしている、王維殿下」

それでもギリギリのところで彼が激昂《げっこう》せずにいられたのは、『皇帝』という国を背負う立場であったからだ。

関玿は大股で壁際まで歩み寄ると王維の肩を摑み、投げ捨てる勢いで紅林から引き離した。そのまま背に紅林を庇《かば》うようにして隠し、王維を睨み付ける。

「俺の寵妃だと知っていて手を出したのか？　一国の太子が交渉事よりも我欲をとるとはな」

「ハハッ！　勘違いなさらないでくださいよ、関陛下。ちょうど躓《つまず》いて、壁に手を突いてしまっただけですから」

当然、そのような言い訳を「はい、そうですか」と素直に受け取れるはずもなく、関玿の顔は険しいままだ。

　王維は片眉を下げて、やれやれと言いたげに肩をすくめる。

「それにしても寵妃ですか……しかし、紅貴妃様のお顔は、とても寵愛を得られて幸せと言っているようには見えませんでしたが」

「なんだと」

　背に隠れ関玿の顔は見えずとも、彼が憤怒《ふんぬ》に耐えていることは、醸し出される空気から充分に伝わってきた。肌がヒリついて痛い。

　だというのに、彼と対峙しているはずの王維の声は、微々とも恐れをなしていなかった。

「悩み多き紅貴妃様が不憫《ふびん》でしたので、私がお慰めして差し上げていたまで。それを我欲とは……どちらが失礼でしょうか」

「悩み？」と関玿が背後の紅林を尻目に窺うが、紅林は背中にしがみついており関玿から顔は見えない。

「関陛下、彼女を私にくださるのでしたら、辰砂国は今回の会合で出された条件を全てのみましょう」

「もう隠さないんだな。しかも、外交と女人とを天秤《てんびん》にかけるとは……殿下は正気を失われたようだ」

「元より隠しておりませんでしたから」

しばし、二人の間で無言の睨み合いが続く。

先に気を緩ませたのは王維だった。

「関陛下、彼女の幸せを思うのなら、あなたは彼女を手放さなければならない」

王維は言いながら踵《きびす》を返《かえ》し、扉のほうへとゆったりとした足取りで歩いて行く。

「彼女の幸せを殿下に決められる覚えはないな」

「ハッ……そういう台詞は、彼女が薬を飲んでいることを知ってから言ってくださいよ」

ドクン、と紅林の心臓が大きく跳ねた。

身体が密着している中、関玿にまで響いてしまったのではと心配になるほどの動悸だった。

「薬……王維殿下、それはどういう意味だ」

「さあ」と、王維はもう振り向きもせず、ひらりと片手を振っただけで部屋を出て行った。

扉が閉められてもまだ、紅林は関玿の背にしがみついていた。

3

王維達特使団が、王宮に滞在する間の宿として与えられたのは、内朝近くの外朝に建つ一際立派な殿舎だった。

雑な足音を響かせて殿舎の一室に入ると、王維は荒々しく長牀に腰を下ろした。

「くそっ！」

ガタンと長牀が揺れたはずみで、背もたれに掛けていた替えの上衣がズルリと床に落ちる。それすらも癪《しゃく》に障り、王維はひとり舌打ちした。

「失礼します、殿下。随分と荒れていらっしゃるご様子ですが、何かありましたか」

荒々しい足音や部屋からの雑音に気付いた嵩凱が、眉をひそめて部屋に入ってきた。

顔には『心配』という文字がはっきりと浮かんでおり、それほどに自分はひどい顔をしているのかと、王維は自嘲した。

「ああ……少し汚れてしまいましたね」

嵩凱が床に落ちた上衣を拾い上げ、手ではたいていた。真っ白な上衣は少しの汚れでもよく目立つ。砂嵐が多い辰砂国では、それを嫌がって白を着る者は少ない。

だが、王維は好んで白を着る。たとえ汚れだとしても、白に浮かぶ黒は王維にとって麗しき記憶の名残なのだから。

辰砂国現王の第一子として生まれた赤王維。

しかし、その生誕を祝福する者はいなかった。

王維の父親は国王であったが、母親は王妃ではない。王妃の侍女として仕えていた身分の低い女だった。一夫一妻制の辰砂国において、例外的に国王のみ妾を持つことを許されているが、例外と言われるほどに前例は少ない。しかも、国王の意思のみでは許されず、後継のためのやむを得ない場合に、王妃の了承を得てやっと許される。

国王と王妃の間には、結婚から十年経っても後継の姿はなかった。幾度か王妃に妊娠の兆しが見えたこともあったが、腹から出て来ずということが続いた。

国王が三十になるのを目前として、周囲が妾をと考えたのは至極道理であろう。

そして疲弊しきった国王が、十年も王妃を甲斐甲斐《かいがい》しく支え、国王の毎度の落胆をも慰めていた心優しき侍女に一度だけ心を傾けたのも、当たり前だったのかもしれない。

国王は王妃に飽いていたわけではない。むしろ夫婦仲は良かった。だから侍女を妾とせず、たった一度のよすがにしただけだったのだ。

だが、そのたった一度で王維は生まれた。

王妃の了承はなかったが、生まれたのが男子だったこともあり、侍女を妾にして王維を後継にすべきだという声が上がった。

王妃の心情を心配した国王だったが、しかし状況を見ればそれもやむなしと言えた。

だがその直後、王妃の懐妊が判明し、妾云々《うんぬん》の話は一旦脇に置かれることとなる。

半年後、ついに王妃は男子を産み、その男子──『赤良准《せきりようじゆん》』が正式な後継とされたのだった。

王維は、行き場を失った。

母親は一度とはいえ秘密裏に国王と契ったことを王妃に憎まれ、王宮を追い出されたが、王維は国王の血を引いていることもあり留め置かれた。また、妾でもない女から生まれたという醜聞を隠すため、公には王維は王妃の長子とされ、彼女の元で育てられた。

『母さま、どうしてぼくの目の色は、父さまとも母さまとも良准ともちがうの？』

王維に物心がつきはじめた頃だった。

両親も弟の良准も皆、瞳の色は黒か黒に近い茶色だ。しかし、王維だけは透きとおった水色。元々王族の瞳は暗色が多く、王家の流れを汲《く》む母親の家系も暗色ばかりだった。

そんな中、王維が自分の瞳の色に疑問を持つのは当然だろう。

幼い頃より弟の良准と一緒に育てられ、王維も良准も同腹の兄弟であることを疑っていなかったのだが、この時、初めて王維は自分は過ちの子だと知った。

それから王維は瞳を前髪で隠し、息を殺して生活した。王妃は王維に対してひどい扱いはしなかったが、全てを知ったあとでは、どこか冷めた目線も、よそよそしい態度も、笑顔のない理由も理解してしまい、とても今までどおり接することなど不可能だった。

『王維殿下をこのまま王宮に置いておけば、いらぬ憶測や邪《よこしま》な考えを持った者を呼びましょう。どこか王都より遠方の地を治めさせるか、いっそ臣籍降下なされたほうがよろしいかと』

そんな議題が臣達の口に上るようになった、王維が九歳の頃。

——政治になんか興味ないし、良准から王位を奪う気なんてさらさらないんだよ。

そうは思いつつも、自分の太子という身分には、少なからず蟻《あり》が寄ってくるのも理解していた。だから、王維は自ら父である国王に臣籍降下を願い出たのだ。

『父様……僕はただの民になろうと思います。元より政になど興味はありませんし、僕には向いていませんから』

自分にとって太子という肩書きは不要でしかなく、この機に捨ててしまうつもりだった。先のことなど考えていない。ただ、この場所から逃げたかったのだ。

国王は王維の申し出を受け、臣籍降下の前にまず民の暮らしに慣れるようにと、王維を商隊へと入れた。

おそらく民の暮らしに慣れろというより、自らの力で生きていけるように技を身につけろという意図だったのだろう。王妃と違い、自分の血を引いている国王から息子への情けに思えた。

王維は辰砂国と長い付き合いのある民間商隊に入り、あちらこちらを旅して歩いた。そして、王維が十を数える頃。辰砂国の荷駄を翠月国へと運ぶ仕事が商隊へと舞い込んできた。

そこで、王維は彼女と出会ったのだ。

大人達の騒がしさから逃げ出し、隠れるように暗いほうへ暗いほうへと進んだ先、白亜と見紛《みまが》うような芙蓉が一面に咲いた中に、少女が佇んでいた。

夜を溶かしたような黒髪黒目の彼女は、王維に気付いて笑いながら言った。

『ねえ――』

掛けられた言葉のあまりの突飛さに、しばらく鯉《こい》のように口をぽかんと開けていたと思う。そのあとの彼女とのお喋りは、王維にとって目から鱗《うろこ》なことばかりだった。たかだか十年だが、自分の中にあった価値観が総崩れしたのだ。同時に、崩れ落ちた中から、新たな芽が顔を出したのを感じた。

夜が明けると、門が開くからと彼女は名乗りもせずにあっさりと消えてしまった。のちに商隊長に彼女が誰かを問えば、それはおそらく紅玉《こうぎょく》公主だろうと言われた。

『林紅玉……公主』

それは、胸の一番深いところに、一番濃く刻まれた名となった。

王維は嵩凱から上衣を受け取ると、汚れて黒くなった部分に口づけを落とした。

「彼女の言葉があったから、こうして俺はまだ『赤《せき》』を名乗っていられるんだ」

あの夜、彼女に心を奪われたと同時に、彼女が堪らなく欲しくなった。

公主である彼女を手に入れるのは、ただの商隊員には不可能だ。

しかし、自分には都合が良いことに『太子』という肩書きがあった。

国へ戻って王維がまずしたことは、父親への臣籍降下取りやめの依頼だった。

一度、除籍の方向で固められていたものを覆すのは、容易ではなかった。中には、もしや良准から王位を奪うつもりなのではとの憶測もあったが、王維は政には関与せず、良准の支えとなることを誓った。

そうして、王維は有能さを示すように、ほぼ機能していなかった国営商隊を、学び得た知識や人脈を使い立て直してみせた。

この功績を認められ、王維は一度は手放しかけた王族としての地位を守ったのだ。

「やはり、あの貴妃様が殿下が迎えようとなされていた方なのですね」

嵩凱には、かつて自分を救ってくれた少女の話をしたことがあった。彼女が林王朝の公主であることも、そして五年前の争乱で亡くなっただろうことも。

歓待の酒宴で彼女が入場してきた時、王維は息をするのを忘れた。

髪色こそ違ったが、彼女が生きていたらこうなるだろうな、という想像そのままの女人が現れたのだから。

彼女と話したいと思ったが、皇帝が一番に彼女を自分の隣に呼べば諦めざるを得なかった。自分にも美しい妃が酌の相手にあてがわれたが、正直上の空で内容はよく覚えていない。紅貴妃と呼ばれていた彼女が気になり、中央で演じられる舞もそっちのけで、横目に彼女を見つめつづけた。

そして、彼女がこちらの視線に気付き笑みを向けてくれた時、彼女は『彼女』だと確信したのだった。

「……五年前の争乱がなければ、今頃彼女は俺の隣にいたのに」

臣籍降下を願ったはずの王維が未だ太子の位にいるのは、全て紅林のためだ。しかし、その肩書きも今では無用の長物となってしまった。

「せめてあと一年……あと一年、争乱が遅ければ……っ」

十六で大人と認められる。そうしたらすぐに、辰砂国から翠月国へ縁談を申し込むつもりだったのだ。そのための準備も整えていた。

しかし、こうして過ぎたことを悔いても無意味だろう。

「ということは、貴妃様は林王朝の――」

「嵩凱。他国の事情に首を突っ込むのは、自ら蛇の口に頭を突っ込むようなもんだぞ」

「あなたは、その蛇をわざと怒らせたがっているように見えますが」

「そこは大目に見てほしいもんだ。だって……悔しいだろ。本来なら俺の妻になって、辰砂国で幸せに暮らすはずだったのに。彼女にあんなつらそうな顔をさせる男が、彼女の隣にいるなんて……俺が突《つっ》いたくらいで壊れるのなら、それまでの仲だったっていうだけさ」

そんな薄心の男より、自分のほうが彼女には相応しい。

「殿下。今後交流を深めていこうという相手国で、もうあのような喧嘩を売るような真似はやめてください」

先日の会合の席でのことだろう。嵩凱の台詞の合間合間に溜息が挟まっている。

「翠月国との貿易は、我が国にとっても最優先事項なのですから」

大国である翠月国は、一国の中に様々な文化が存在している。

文化が多いということは、一国と取り引きするだけで、複数国と取り引きしたのと同じだけの多様性を、辰砂国に持ち帰れるということだ。これで、商隊があちらこちらを往復する時間と手間が省ける。

また、やはり大国は物量が違う。一度の貿易で多くの者も物も動くし、売買の場も多い。それだけに大きな雇用も生まれる。翠月国との貿易再開は、辰砂国の切望だ。

「残念ながら手遅れだよ」と、口にしかかったが、王維は飲み込んだ。

この従順な側近の心労を増やしたくない。

どうせ言ったところで、結果は変わらないのだから。

「なるようになるさ」

「またそのような……閣陛下が退出され、すぐに殿下も出て行かれたから知らないでしょうが。あの後、残った私共で翠月国の方々に色々と弁明をし――」

「あーはいはい、それについては悪かったって謝っただろ」

これは長くなるな、と王維は片手で耳を塞いで、もう片方の手を『断る』と振って見せた。

「悪いと思ってませんよね。今日も貴妃様に会いに行っていたのでしょう？」

「それを言うならお前もだろう。毎日どこに行っているのかと思えば、景淑妃に会っているようだな。俺より足繁《あししげ》く通って……そんなに景淑妃にご執心か？」

いつも真面目で面白みのない中庸な顔しかしない嵩凱が、珍しく大きく表情を崩した。

思わず王維も前のめりになる。顔は興味に輝き、『面白そう』と言っている。

「私は殿下と違い、彼女に無理強いはしませんから」

「おいおい、その言い方は怪しいぞ。下心ありか？」

王維は楽しそうに頰を持ち上げ、期待する眼差しを嵩凱に向けた。対して嵩凱はわずかに顔を引き、鬱陶しいとばかりに口角を下げている。

その、滅多に見ない嵩凱の表情がまた愉快で、王維はさらにけしかける。

「お前が本当に景淑妃を望むんであれば、紅貴妃も一緒に二人で攫《さら》ってしまおうか」

「……冗談に聞こえないから、たちが悪いんですよ」

随分と現実味のない言葉だったが、王維は半ば本気だった。彼女のためなら、国くらい捨てても惜しくはない。

しかし、この朴念仁の側近はどうだろうか。返事まで間があったということは、彼も満更でもないのかもしれない。

「まっ、相手次第だしな」

王維がおどけた動きで肩をすくめてみせれば、嵩凱はほっとした息を吐いていた。

「それに、私の彼女に対する感情は、殿下のようなものではありませんから」

「お前も色々と複雑だな」

自分達にとって翠月国に来たのは吉なのか、それとも凶だったのか。

◆

手を引かれ赤薔宮に入るまで、ずっと彼は無言だった。

「紅林、奴が言っていた薬とはなんのことだ」

そうしてバタバタといつもの部屋に入ると、関玿は振り返るなり紅林の肩を掴み、開口一番にそう尋ねた。

紅林の瞳を見つめる関玿の目は、逸らされることはないが揺れていた。

「……二人とも人払いを。誰が来てもこの宮には入れないで」

一緒に帰ってきたというには荒々しすぎる音を聞いて、すぐに駆けつけてきた朱姉妹に、紅林は退出するように促す。

「かしこまりました、紅貴妃様。……香《きょう》」

「はい、蘭《らん》姉様」

二人はうやうやしく腰を折ると、部屋の扉を静かに閉めて宮を去って行った。

足音が聞こえなくなり、窓の外の音まではっきりと聞こえるようになった時、関玿が同じ台詞を繰り返す。

「薬とはなんだ、紅林。黙ったままじゃ分からない」

「それは……」

迷いが紅林の目線に現れる。

しかし逸らそうとしたところ、関玿に再び肩を力強く握られ、逃れることは許されなかった。

「秘密を無理に暴こうとは思わない。だが……あの男が知っていて俺が知らないのは納得がいかない」

怒りなのか悲しみなのか、肩を摑む関玿の手は小刻みに震えている。

赤い瞳に映る女は、戸惑った顔をしていた。あのような場面を目の当たりにして、意味深なことを聞かされ戸惑っているのは彼のほうなのに、なんと自分勝手な女だろうか。

関玿にこのような顔をさせたかったわけではない。

このような顔をさせないために、黙っていたというのに。

紅林は息を深く吸い、音もなく口からゆっくりと吐くと、胸元から玻璃瓶を取り出し、関玿の目の前に掲げて見せた。

「もしかして、これがその薬か。いったいなんの薬だ」

「子が……できないように……」

堕胎薬とは言えず、婉曲的《えんきよくてき》な言い方になってしまったが、充分に伝わったようだ。

みるみる関玿の目は見開いてゆき、赤い瞳がきゅうと小さくなる。

薄く開いた口が、しばらく音を伴わずはくはくとしていたが、一度閉じられ喉が鳴ると、ようやく口の動きに音が乗った。

「何故だ、紅林⁉ 俺のことがまだ信じられないのか！ いつからだ……いつから飲んでいる！　まさかあの男のほうが良いからと――」

「違うわ！」

落雷のごとき怒声を落としながら、お門違いの方向へと思考を巡らせはじめた関玿を、紅林がそれを上回る声量で阻んだ。

「あなたとの子は欲しいに決まってるじゃない」

今なら『愛した人と自分の血を引いた子がこの世にあるというのは、何にも代えがたい幸せなのよ』と言った、母の気持ちがよく理解できる。

「けど、私は林の血を一番濃く引く者なの。名が変わっても、流れる血まで変わるわけじゃないのよ」

そこでやっと、関玿は紅林が何を憂えて薬を持っているのか理解した。

「子ができて、もしその子に林の血が入ってるって皆に知られたらどうなると思うの？　反乱のための体の良い人形として担ぎ上げられるかもしれないし、あなたが責め苦を負うかもしれないのよ⁉　私は自分が悪女って言われようが、狐憑きの傾国と言われようが、そんなのはどうってことないの！　……っでも、あなたが私のせいで苦しむ姿は見たくないのよ」

肩を掴んでいた関玿の手が緩んだ。

「俺だって同じだ。どんな目を向けられようと、刃が襲いかかってきても、俺は自身の血ならいくら流れようが耐えられる。だが……お前に関しては、涙が流れるのすら耐えられないんだ」

関졸の手が肩から離れ、紅林の頰を拭っていく。

そこで初めて、紅林は自分が泣いていることを知る。

一度気付けば涙はどんどんとあふれ、身体の現象に引っ張られるように、心までが必要以上に苦しくなってくる。

「私にはまだ覚悟がないの……あなたを不幸にしてまで隣にいる覚悟が。『もし』を考えた時、すごく怖いの」

こうなることは分かっていたのに、貴妃冊封を承諾しておいて情けない。

「それでも……っ」

『あなたの傍にいたいと思ってしまうの』という言葉は、嚙んだ口の奥に飲み込んだ。

こんな薬を飲んでおいて、彼が喜ぶようなことを言うべきではない。

彼の力になりたいと思ったのは本心だ。

ただそれは、『後宮にいる間は』という枕詞《まくらことば》がずっとつきまとったものだった。貴妃になり、彼の愛をこの身に受けてからずっと、心の中では欲望と正論とがせめぎあい続けている。

「私の答えが出るまで、薬のことは黙っているつもりだったわ」

「俺も一緒に悩ませてはくれないのか」

紅林が頭を横に振れば、白い髪が肩に置かれていた関玿の手を撫でる。

「ごめんなさい、関玿。これは……自分だけで答えを出さなくちゃいけない問題なの。でないと、きっと心からあなたを受け入れられなくなってしまう。……だから、もう少しだけ時間をちょうだい……」

『その答えを出すために、何かを諦めるつもりではないだろうな』と言いかけて、関玿はやめた。

言ったところで彼女は考え方を変えることはないだろうし、自分には何もできない。

元より彼女は、誰かに与えられた選択や差し伸べられた手を、簡単に取るような人間ではない。貴妃にするまでに随分と苦労した自分は、その気性をよく知っている。

彼女は甘えない。

二十の娘とは思えないほど、厳しく自己を律している。

少々寂しくも思うが、その意志の強い気高さに惚れたのは自分だ。だからこそ、彼女を貴妃に据えたのだから。ただ愛されるだけの日々を求める娘だったら、最初から関玿の目にすら留まっていない。

できるだけ彼女の意思を尊重したい。

だがもし、彼女の出した答えが自分が思う中で最悪のものだった場合……。

そこまで考えて、関玿は悪い想像を追い払うように頭を振った。

「分かった。紅林の答えが出るまで待つよ。ただ、その薬を飲むのはやめてくれ。薬と言えど、子をなくしてしまえるほどのものだ。どのように身体に作用するか心配なんだ」

しばらく夜伽はないからな、と関玿は苦笑して紅林を抱きしめたのだった。

4

勝手に薬を飲んでいたことを知られたら、きっと怒らせてしまうと思っていた。

しかし彼は怒るどころか、自分にも悩ませてくれないのかと同じ場所に立とうとしてくれその上、待つとまで言ってくれた。

——私が、逃げずに必ず答えを出すって信じてくれたのね。

彼の気持ちに応えるためにも、考え事だけではなく、貴妃として恥ずかしくないよう役目を果たさなければ。

「小茗《しょうめい》、夜の様子はどう?」

紅林は見回りも兼ねて朱蘭《しゅらん》と朱香《しゅきょう》を連れ、宮女の宿房を訪ねていた。

女官が襲われ、夜間の後宮は男子禁制となった。

その間、夜間の見回りは宮女に任せており、何か犯人の手がかりになるようなことはないか、宮女の小茗に聞きに来たのだ。

「今のところ、怪しい人物を見たという者はいません」

「そう、良かったわ」

紅林がほっと肩を下げると、後ろの朱姉妹も同じように、良かったと口々に言っていた。

「紅貴妃様、ということは、やはり衛兵が犯人だったということでしょうか」

「その可能性が高いわね、朱蘭。内侍長官様は内侍官の可能性もあると言っていたけど、内侍官は衛兵と違ってあまり後宮内を出歩かないし、それこそ夜に官服でウロウロしていたら目立つでしょうし」

「だったら、あとは内侍長官様の捜査力に期待するしかありませんね」

朱香はもう解決したと言わんばかりに、楽観的な声を漏らしていた。しかし、彼女の言うとおり、このまま何も起きないのであれば、夏侯介に任せるほかないな、と紅林も思っていたら、小茗が身を寄せてくる。

「あ、あの、紅貴妃様」

「ん？　どうしたの、小茗」

小茗は肩をすぼめ、表情を暗くしていた。キョロキョロと辺りを窺い、まるで言うのが憚《はばか》られるとばかりの様子だ。

紅林も彼女が口を開きやすいよう、軽く膝を曲げて耳を近づけた。

「その……怪しい者は見なかったんですが、実は今私達の間では、犯人は衛兵じゃなくて辰砂国の人じゃないかって噂されてて……」

「まさか……！」

紅林が驚きに目を瞬かせれば、小茗は同意を求めるように、つま先立ってさらに紅林に迫る。

「だって、ちょうど彼らがやって来てからこんな騒ぎが起きましたし、絶対に怪しいじゃないですか！」

「ちょっと待って、小茗。さすがにそれは飛躍しすぎよ。辰砂国の特使は外朝の殿舎にいるのに、どうやって夜に後宮に入るっていうのよ」

まだ衛兵や、内侍官だと言われたほうが説得力がある。

「辰砂国は色々なものが集まる国なんですよね。だから、誰にも気付かれず壁を登る方法を知ってるとか……もしかしたら、後宮門の門兵を謎の薬で眠らせて、その隙に忍び込んでるのかもしれません！」

つまり、根拠なしということか。

紅林は額を押さえて空を仰いだ。

「そ、それに、私達知ってるんですから！　紅貴妃様も景淑妃様も辰砂国の人と会ってるんですよね⁉　しかも、景淑妃様は毎日会うほどだって……それって、いくらでも手引きできるってことになりませんか⁉」

頭が痛くなってくる。

もう溜息を吐く気力さえない。

「それは、陛下より特使の方々の話し相手を頼まれているからよ。やましいことはないわ」

「確かに、陛下のご寵妃である紅貴妃様はそうでしょうけど、景淑妃様も同じ心持ちとは限りませんよね」

紅林を見つめる小茗の目は、猜疑に満ちていた。

やはり宮女達には、相当な負荷が掛かっているのだろう。

衛兵を追い出したといっても、いつどこから誰が現れるか分からない夜間の見回りは恐怖でしかない。犯人は捕まっていないのだ。現状、衛兵だと思われるだけで、もし他に犯人がいたら襲われるのは見回りをしている宮女達からだ。

悲しさと一緒に、彼女をこんな風にしてしまった申し訳なさがこみ上げる。

「他にも景淑妃様が怪しい理由はあるんです！　あの方が辰砂国との外交を陛下に奏上されたんでしょう⁉　それって最初から後宮をメチャクチャにする目的で――」

「待って、どうしてそれを⁉」

そのような個人的な事情を、何故宮女が知っているのか。

言い方は悪いが、妃嬪の個人的な行動を、侍女でもない雑務が主業務の宮女が知り得るはずがないのだ。

――誰かが景淑妃様の行動を漏らしてるってこと……？

分からないことだらけだが、ひとまず紅林は、感情にまかせて次第に声を大きくする小茗の口を手で塞ぎ、首を横に振った。

今は理由を考えるより、小茗の口を塞ぐことが先決だ。

「小茗、それ以上はやめなさい。憶測だけで誰かを貶《おとし》めてはいけないわ。私は後宮の監督者でもあるの。だから、これ以上彼女を貶めるようなら、私はあなたに罰を与えないといけないわ。お願い、私にそんなことさせないで」

悲しみに目をすがめた紅林の顔を見て、小茗はようやく冷静になったのか、胸元で固く握っていた拳をほどき、だらりと身体の横に垂らした。

「……申し訳ありません、紅貴妃様」

「あなた達宮女には迷惑をかけるわね。早く犯人が見つかるように努めるから、もう少しだけ頑張ってちょうだい。もし何かあったら、些細なことでも知らせてね」

小茗はコクンと頷くと、とぼとぼとした足取りで宿房へと入っていった。

◆

紅林達も赤薔宮に戻り、朱姉妹はそれぞれの仕事の続きを、紅林は書庫代わりにしている部屋で本を漁《あさ》っていた。

書庫と言うほど数はないが、書棚には王宮書庫から借りている本や、後宮に立つ市《いち》で買った本などが並べてある。

紅林は脇机に本を積み重ね、一冊一冊中身を確かめていく。

「はぁ……やっぱりこれくらいしか記録は残ってないわよね」

紅林が読み終えた本は、林王朝時代の外交記録。そこに辰砂国との記述を探したのだが、紅林が知ることの他に目新しいものはなかった。酒宴の記録もあったが、出席者の名は商隊長と準ずる者しか書かれておらず、当然赤王維という名も見つけられなかった。

正直、小茗の噂話を聞いた時、少なからず動揺してしまった。

「王維の目的が見えないからよね……」

彼の行動――貴妃を奪おうとする行為――は、確かに後宮を揺るがすものである。だから、もしかしてと思ってしまったのだ。

さらに、その疑惑に拍車をかけているのが、景淑妃の素性の不明さだった。

「しかも、これがまた辰砂国の特使と会っているっていうのがね」

やはり一度、彼女とはしっかり話したほうが良さそうだ。

「本当に辰砂国が……」

紅林は長牀にもたれ、重たくなるに任せ瞼を閉じた。

【四章・淑妃と貴妃が選んだ愛の形】

1

皆が寝静まった夜。

紅林《こうりん》は、そっと赤薔宮《せきしょうきゅう》の門扉を開けて、わずかな隙間からするりと抜け出した。

今までだったらすぐ外に門兵が構えていて、とても抜け出せる雰囲気ではなかったのだが、衛兵や内侍官達のいなくなった夜の後宮は、驚くほどに閑散としている。

宮女が見回りしていると思うが、声は聞こえてこない。まあ、普通の声量で喋っていたとしても、広大な後宮内では当たり前か。

紅林は赤薔宮を離れ、地面を踏みしめるようにしてゆっくりと歩く。

昼間の熱気を夜風が散らしてくれていた。軽い夜着の裾が翻り涼しい。

空を見上げれば、星々が瞬いていた。

浮かぶ月は細く縁《ふち》だけを残す繊月《せんげつ》で、地上に降りそそぐ月明《げつめい》は、手燭《てしょく》がなければ心許《こころもと》なくなる程度しかない。自分の足音と、風が葉を揺らす音と、虫の声。耳を澄ませば星の瞬きすら聞こえてきそうな平和な夜。

紅林の足は北壁へと向かっていた。

たどり着いた、月明かりすら射さない木々に囲まれた場所を、紅林は身じろぎひとつせずにただ見下ろしていた。

先日、自らの手で掘り返した土の跡はすっかり消え、なんの変哲もない地面でしかない。

「この道を選べば、関clid《かんしょう》に迷惑が及ぶことはない……」

ただしその時は、自分と彼の心は大きな傷を負うこととなる。

「どちらかしか選べないのかしら」

踵を返し、紅林は来た道を戻る。

ふらふらと空を眺めながら歩いていると、「まあ」というか細い声が聞こえた。

顔を上から正面へと戻せば、ちょうど景淑妃《けいしゅくひ》が白星宮《はくせいきゅう》から出て来るところだった。

驚きに目を瞬かせていると、彼女は悪戯が見つかった童女のように、舌先をチロッと出して「見つかってしまいましたわ」と肩をすくめた。

紅林と景淑妃は並んで、同じ歩速でゆるゆると後宮内を歩いていた。

景淑妃に「ご一緒にいかがです？」と夜歩きに誘われ、紅林がこれは良い機会だと二つ返事で了承したのだ。

「遠くからでもすぐに紅貴妃《こうきひ》様だと分かりましたわ。その美しい髪色は、暗闇ではよく目立ちますもの」

これは皮肉なのか、それとも単なる感想なのか。彼女のことをあまり知らない故、真意が読みづらい。

紅林は下手に相槌を打つことはせず、話を変える。

「景淑妃様は、いつもこのようなことを？」

「まさか。衛兵がいてはできませんもの。今だけの気晴らしですわ」

滅多に白星宮から出てこない景淑妃。彼女については、大人びて落ち着いた少女だという印象だけが先行していて、中身はようとして摑めていなかった。

しかし今、ほんの少しだけ彼女の中を見ることができたように感じた。

夜の影が落ちても、色を失わない青い双眸《そうぼう》がこちらを向く。

「紅貴妃様は、何故宮の外を歩いておられたのですか。赤薔宮と違う方向から来られましたが、どちらへ行っていたので？　もしや、今流行りの衛兵との逢瀬でしょうか？」

「ま、まさか！」

細めた目で窺うように見られ、紅林は疑われては堪ったものではないと、すぐさま両手を振って否定した。

「冗談ですわ。そもそもその衛兵がいませんし。それに、紅貴妃様には陛下がいらっしやいますものね」

皇帝の寵を争う相手に言われ、なんと答えていいか分からず、紅林は「はは」と乾いた笑いのみを返す。宋賢妃《そうけんひ》や李徳妃《りとくひ》が相手であったら、ここでさらにもう一言皮肉が飛んでくるのだろうが、不思議なことに景淑妃から飛んできたのは、カラカラとした楽しそうな笑い声だった。

「あらまあ、わたくしったら困らせてしまいましたわね」

まさか笑いが返ってくるとは思っていなかった紅林は意表をつかれ、口をぽかんと開けて間抜けな顔になってしまう。

「どうぞお気遣いなく。わたくし、陛下の寵を得たいとは、これっぽっちも思ってませんの」

『では何故、後宮に』と、紅林の中で即座に疑問がわく。

——まさか本当に辰砂国《しんしゃこく》と共謀して……⁉

大国であっても、内側からなら崩しやすい。前王朝が滅ぶことになった理由がまさにそれだ。内部の腐敗が進んだあげくの民の蜂起。皇帝の私生活を支える後宮が混乱すれば、表へも必ず影響が出る。

紅林は知らずの内に固唾をのんでいた。

「け、景淑妃様はもしかして、ご自身の意思とは関係なしに後宮に入られた方でしょうか」

家の意思で入宮する者も少なくない。朱蘭《しゅらん》が良い例だ。

しかし、景淑妃は首を横に振った。

「いいえ、わたくしの意思で後宮入りを決めましたのよ」

「しかし、陛下の寵を欲しくないと……」

「ええ」

「お金のためなどで？」

後宮勤めの者には、宮女であっても街で働くよりも幾分か高い俸禄《ほうろく》が与えられる。だから、実家へ仕送りをするためにという者も多い。より高い俸禄の妃嬪などなおさらだ。

しかし、やはり景淑妃は首を横に振ったのだ。

無理矢理でもなく、皇帝の寵が欲しいわけでもなく、お金のためでもない。

彼女が後宮にいる理由が見当たらなかった。

こんな、一度入れば代替わりがあるまで出られないと言われる鳥籠の中に自ら入るなど、必ず理由があるはずなのに。

紅林は、昼間小茗《しょうめい》に言われたことを思い出した。

――確かに関玿からも、景淑妃様が辰砂国との外交について奏上されていたとは聞いたけど……。

小茗が言う噂では、景淑妃は辰砂国の者達を手引きして、後宮をメチャクチャにしようとしていることになる。

しかし、紅林には隣で夜空を見上げては、「うわぁ」と愛らしい感嘆の声を漏らしている少女が、何かしらの魂胆を持っているようには見えないのだ。

「そういえば、景淑妃様も辰砂国の特使の方と会われているようですが、どのようなお話をされてるんですか」

「『も』ということは、紅貴妃様も辰砂国の方と？」

「私のほうは殿下が話し相手にと」

「同じですわ。わたくしも翠月国《すいげつこく》のことをもっと知りたいと仰《おつしや》るので、教えて差し上げていただけですの」

「そうですか……」

表面をなぞるような会話だけで、当然、彼女の考えが分かるような有益な情報など得られなかった。やはり、もう少し踏み入る必要があるのか。

「嵩凱《こうがい》様……と仰るそうですね。景淑妃様がお相手なさっている辰砂国の方」

横目で彼女の様子を窺えば、今まで交わらなかった視線が初めて交わった。

「どうして名を……」

眉を上げて、垂れたまん丸の目をさらに丸くさせ、こちらを凝視していた。明らかに今までの反応とは違う。

「殿下から伺っただけですよ。彼は殿下の側近ということでしたので、たまたま話題に上りまして」

「そうだったんですね」

――どうしよう……。

彼女に対する疑念が膨らんでいく。

歩きはじめの頃は心地よかった夜風の清涼さが、今では肌寒く感じてしまう。

靴が石畳を擦る無機質な音だけが静かな夜に響き、二人の間にはいくばくかの気まずさがまとわりつく。

しかし、せっかくの二人きりの機会なのだ。この機を逃してはならないと、紅林は躊躇いを飲み込んで口を開いた。

「景淑妃様の美しい水色の瞳……王維《おうい》殿下と同じ色だなと思っていたんですが、辰砂国ではそのような瞳の色は珍しくないそうですね」

「え、あ……そう、かもしれませんね」

彼女は紅林から瞳を隠すように、わずかに顔を背ける。

「過去に縁があったという話でしたが、もしかして、景淑妃様のお生まれは辰砂国でしょうか」

紅林の羽織を握る手は肌寒いのにじっとりと汗ばんでおり、景淑妃の指は肩口にかかった己の髪をせわしなくいじっていた。

意を決したようにごくりと喉を鳴らし、「それは――」と、景淑妃が口を躊躇いがちに開いた。

次の瞬間、彼女の声は瞬く間に第三者の声によってかき消されてしまった。

「誰か来て――ッ‼」

夜を切り裂くような金切り声が後宮に響き渡った。

「な、なんですの⁉」

「悲鳴⁉ まさか、見回りの宮女じゃ！」

異常事態を察知し、紅林はすぐに辺りを窺う。

「いったいどこから……っ」

「こちらですわ！」

悲鳴の方角を特定できずにいたら、景淑妃が夜着の裾をたくし上げ南に向け一直線に駆け出した。先ほどまでの戸惑いの空気など微塵《みじん》もなく、普段通りの堂々とした姿に戻っている。

紅林も急いで夜着の裾をさばき、彼女の後を追う。

景淑妃の手燭の灯《あか》りを目印に、後宮の中を全力疾走する。今も昔も後宮内を全力で駆け抜けるなど、生まれて初めてだった。

いつもの景色があっという間に流れていく。

白亜の壁、連なる尚局の建物、規則正しく並ぶ柱廊の柱、いくつもの廟堂《びょうどう》、地面に散った花々。それらを全て通り過ぎた宮女の宿房近くで、先行していた景淑妃の足が止まった。

景淑妃は顔に似合わず俊足で、紅林は彼女が足を止めてたっぷり三呼吸後に到着する。先に到着していた見回りの宮女達は、何かを取り囲んで丸くなっていた。二人に気付いた宮女達は「あ」と気まずそうな顔をして、道を空ける。

そこで見た光景に、紅林も景淑妃も言葉を失った。

真ん中でしゃがみ込んで嗚咽を漏らす彼女は、何者かに襲われたあとだった。

2

被害にあった宮女を、紅林と景淑妃はより宮が近かった白星宮で保護した。

それから全ての宮女達に、犯人がまだ逃げているはずだからと四人一組での捜索を命じた。

しかし、後宮門が開かれる時間になっても、犯人を見つけることはできず。

宮女達と紅林達は、互いに違う方向から悲鳴のした場所に駆けつけていた。だというのに、不思議なことに逃げ去る者を誰も見ていないのだ。

宮女が襲われた宿房辺りから延びる道は比較的多い。もしかしたら、犯人は運良く誰もいない方向へ逃げられたのかもしれないが、それなら夜の間中、どこに身を隠していたというのか。

宮女達が見回りをはじめてから、次の被害が出なかったため気を抜いてしまった。

しかもこの次の日、さらに他の宮女まで被害にあってしまった。

◆

紅林は、ひとり宮女の宿房へと来ていた。

呼び出した小茗は、脱走しようとした頃の元気など微塵もなく、顔色も悪かった。

「紅貴妃様、もう怖いです……っ。皆も見回りは嫌だと言ってます」

「ごめんなさい、小茗」

「もう犯人が衛兵でも辰砂国でもどっちでも良いんです！　ただ不気味で怖くて！」

犯人は閉ざされているはずの後宮にどうやってか忍び込み、そして犯行を終えたあとは、誰にも見つからずに姿を消しているというのだから、不気味だというのも頷ける。

連続して宮女が襲われたことで、宮女達は精神的に参っているのだろう。

それは小茗に会う前から分かっていた。宿房に近づくにつれ、空気がどんどんと重苦しくなっていったから。

紅林は身を縮こまらせながら震える小茗を、優しく抱きしめた。

「紅貴妃様……襲われた宮女達は、どうなっちゃったんですか……」

「安心して。皆落ち着いたら、尼寺に送られることになってるから。穏やかなところだって聞くし大丈夫だから」

「はい」と頷き、小茗は紅林の胸から離れる。

すると、何か思い出したかのように「あっ」と言って手を打つと、小茗はごそごそと己の懐を探り出した。

「なんでも知らせるようにとのことだったので、拾っておいた物があるんですが……」

「拾っておいたって何を？」

小茗は、ごそごそしていた懐から真っ青な端布《はぎれ》を取り出して、紅林に手渡した。小茗の手の形に沿って垂れていることから、柔らかな薄手の布だということが分かる。

「青い端布？　どうしたの、これ」

渡された端布は掌大ほどの大きさで、どうやら元からこの大きさというわけではなく、四辺が引きつっているのを見ると、おそらくちぎれた物と思われる。

「今朝、掃除している時に、そこの枝木に引っ掛かっているのを見つけたんです。色からして、たぶん青藍宮《せいらんきゅう》の侍女のものだと思うんですが」

小茗は宿房の脇にある、木々が生い茂っている場所を指さした。

「確かに、この色からするとそうね」

はっきりとした濃い青色は、青藍宮の侍女が着ている深衣と同じ色だ。

「引っ掛かっていたのが膝丈くらいの木だったので、裾か袂《たもと》を破かれたと思うんです。けど、よく考えたら青藍宮の侍女が、宮女の宿房近くになんの用事があったんだろうと不思議に思いまして」

「しかも、あんな木々の中だなんて」

端布が引っ掛かっていた場所は薄暗く、宮女の宿房に用事があったとしても、わざわざ近づかないようなところだ。

「もしかしたら、何か落とし物をして捜していたとか？」

「あ、かもしれませんね」

しかし、その落とし物も『どうしてこんなところで』という疑問はつきまとうが。

「とりあえずこの布は一応、青藍宮に届けることにするわ。これだけの破れ方をしていたら、繕うにしても端布がないと無理でしょうし」

「新しい侍女服を作るまでは必要ですもんね」

不安を紅林に吐露したことで少しは胸の内が晴れたのか、小茗の顔色は訪ねた時よりも明るくなっていた。

「今、内侍長官様も懸命に調査されてるから。必ず犯人は捕まえて罪を償わせるわ。決してひとりにならないように皆には伝えて」

「信じていますから、紅貴妃様」

口を引き結んで、震える瞳で見つめてくる小茗に、紅林は力強く頷いてもう一度抱きしめた。

衛兵が犯人なら、いつかは夏侯《かこう》偲《しん》が犯人にたどり着くだろう。しかし……。

——これ以上、内侍省の調査を待ってられないわ。

それに、本当に犯人が衛兵なのかを確かめる必要がある。

◆

小茗に見送られ、紅林が次に向かったのは青藍宮だった。

「あっらぁ、紅貴妃様自らが下々の宮に足を運んでくださるだなんて、明日はきっと槍が降るのねぇ」

「矢なら降ったことありますけどね」

「え？」

紅林のまさかの返しに、宋賢妃は鳩《はと》が豆鉄砲をくらったような顔をしていた。

紅林は、出された茶に口をつけるふりをして、茶器の中に溜息を吐いた。

──端布を渡すだけだったのに、どうしてこんなことに……っ。

門前で端布だけを渡して帰るつもりだったのだが、出迎えた侍女が紅林の顔を見るなり「紅貴妃様がおいでになりましたー！」と、熊を見た時と同じ顔で絶叫したのだ。

さすがに後宮で頂点にいる者が訪ねてきて、相応のもてなしもできなければ妃としての教養を疑われるというもの。

まったくもって紅林は青藍宮に踏み入るつもりなどなかったのに、あれよあれよという間に宋賢妃のもてなしを受ける羽目になってしまった。

──帰りたい……。

「それでぇ？　いったいなんの用かしら？」

「落とし物を届けに。庭木に引っ掛けて破いたのでしょう、きっと困っているはずです」

紅林は、懐に入れていた青い端布を卓の上に置いた。

「あら」

細い指を口元に寄せ、宋賢妃は口を丸く開けた。ひと目で、端布が自分のところの侍女のものだと分かったようだ。

すると彼女は、「徐瓔《じょえい》ー」と力の入らない声で、ちょうど部屋の外を通りかかった侍女を呼ぶ。

呼ばれた見覚えのある侍女——徐瓔が「はい、ただ今」と素早くやって来た。

徐瓔に関しては、ここのところ、お菓子を食べてのんびりしている印象しかなかったが、青藍宮では本当に侍女としてしっかりと働いているようだ。宋賢妃に対して浅く腰を折って話を聞く姿は、実に新鮮である。

「これは、紅貴妃様。青藍宮へいらっしゃいませ」

徐瓔はまるで初対面かのように、紅林に対ししっかりと青藍宮の侍女として振る舞う。

「それで、宋賢妃様。何かご用でしょうか？」

「衣装を破いたって娘《こ》がいたら、これを渡しておいてちょうだぁい。枝に引っ掛かっていたらしいわ」

ひらり、と宋賢妃は徐瓔に端布を渡した。徐瓔が「かしこまりました」と端布を受け取る。しかし、途端に徐瓔は「ん」と訝《いぶか》しげに首を傾けたのだ。

「失礼します、宋賢妃様。こちらの端布は青藍宮の侍女のものではありませんね」

「え、嘘。そんなはずないでしょう？」

宋賢妃が首を伸ばし、徐瓔の手元を覗き込む。

「確かによく似ていますが……ほら、微妙に色が違うでしょう」

徐瓔は端布を伸ばした自分の腕の上に置き、今着ている深衣と色の違いを分かりやすく見せる。紅林も徐瓔の手元を確認する。

端布だけでは分からなかったが、こうして比べてみると、確かに端布の色のほうがわずかに沈んでいた。

「あらぁ、本当だわ」と、宋賢妃もその違いを認め、紅林へと端布を返す。

「それに、侍女の中にも、このように大きく破れた深衣を着ている者はいませんから、やはりうちのではないかと」

「では、この布は誰のでしょうか？」

宮女も女官も着るものは決められていて、青色ではない。青色と言えば青藍宮の者達となるのだが、その青藍宮でもない。

では、他の妃嬪宮のものだろうかと思うが、大抵は皆、四夫人の宮の色——赤、白、黒、青——は避けるものだ。

「知らないわよ、どうでも良いわ。無駄足ご苦労様だったわね、紅貴妃様」

「いえいえ、困っている者がいないのなら良かったです。それに、青藍宮の美味《おい》しい茶をいただける良い口実にもなりましたし」

紅林は残っていた茶を一息に飲み干した。空になった茶器がコンと軽快な音を立てて卓に置かれれば、宋賢妃は眉と目の間を広くして、ふっと片口だけで笑った。

「まぁ、心にもないことを」

茶も空になったことだし、さて、お暇《いとま》するとしよう。


紅林は見送りに出てきた宋賢妃と並んで、青藍宮の門へと向かう。

「どうです、青藍宮は。落ち着かれましたか」

互いに正面を向いたまま視線は交えずに、言葉だけを交わす。

「落ち着いたには落ち着いたけど……あたしが望んだものじゃないわね」

彼女は今きっと、苦虫を嚙みつぶしたような顔をしているのだろう。

見ずとも声だけで充分に察せられる。

「やはり、侍女の方々も怖がられていますか」

「宮の中だから宮女とかに比べると幾分かマシだけど。門兵がいない夜は、入ろうと思えば入れてしまうものね。夜は時折、慈花《じか》が青藍宮内を見回ってくれているみたい。彼女の眠る時間がなくなるから、しなくていいって言ってるんだけど。まあ、面倒見の良い娘だから」

「そのようにしっかりした侍女がいるのなら安心ですね」

「そうね。あぁ、早く元通りにならないかしら。こんな怖い夜を過ごす羽目になるなら、恋愛で多少浮ついているほうがマシだわ」

そうこうしていたら宮門に到着し、紅林は「では」と門を出ようとする。しかし、背に「ねえ」と声を掛けられる。

「気をつけなさいよ」

意味深な言葉に、思わず紅林は足を止め振り返った。

「何をでしょうか？」

「あんた達、辰砂国の人と会ってるんでしょ？ 噂になってるわよ」

先日、小茗から聞いた噂話は、もう青藍宮まで広まっているのか。

「陛下から接遇を頼まれただけで、何もやましいことはありませんよ」

少なくとも自分には、だ。王維の心は分からない。

それと、景淑妃についても……。

「まあ、あんたは一応陛下がいるからそうでしょうけど……腹立つわね……」

自分で言って、自分で気分を害したようだ。理不尽な。

「あんたじゃなくて景淑妃様のことよ。一部じゃ、寵が得られない腹いせで、あんたを蹴落とすために後宮をメチャクチャにしてるって噂よ。そのために、辰砂国の人を使ってるとかなんとか。実際に彼女、辰砂国の人と会ってるみたいだし」

「腹いせですか……」

小茗から聞いた噂では、景淑妃の個人的な意思は入っていなかったのだが、どうやら噂には尾ひれが付くのが世の常のようだ。

確かに、後宮がメチャクチャになれば、最初に責を問われるのは貴妃である自分だ。ただでさえ『狐憑き』ということで、周囲の評価は悪いのに。少しでも隙を見せたら、それを理由に表の官吏達は、貴妃から下ろそうとしてくるに違いない。

後宮の中にも、狐憑きがいるからこんな事件が起こっている、と考えている者はいるだろう。いや、紅林が貴妃になってしまって、大っぴらに口にできないから紅林の耳に届いていないだけで、陰で言っている者は絶対にいる。

宋賢妃も以前ほどではないにしろ、まだ時折、狐憑きと呼んでくるのだし。

――これぱっかりは、どうしようもないわね。

既に白髪で入宮しているから今更髪を染めても無駄だろうし、関玿の助けになるには、周囲の信頼を得て貴妃として認められるか、もしくは……。

脳裏に、北壁の地面がよぎった。

「まあ、あたしとしては二人が共倒れしてくれれば万々歳よ。じゃあ、くれぐれもあたしは巻き込まないでねぇ」

紅林は苦笑した。陰でなく堂々と正面から言ってくるとは、ある意味素直な人だ。

さて、それでは共倒れするかどうか、噂の真実を確かめに行かなければなるまい。

紅林は青藍宮を出た足で、そのまま白星宮へと向かった。

3

人払いをすませた白星宮の一室で、紅林は出された茶に映る自分の顔を、まじまじと眺めていた。ふわふわと立ち上る湯気の間から見える、茶に映る女は迷いを目元に浮かべていた。

白星宮は赤薔宮とは趣が異なっており、この玻璃製の茶器ひとつとってもまるで違う。赤薔宮が正統的な翠月国の文化を表した部屋なのに対し、白星宮は異国情緒たっぷりの部屋だった。

紅林の部屋は焦げ茶色の調度品でまとめられているが、景淑妃の部屋は淡黄色でまとめられている。板張りであった床には色とりどりの敷物が敷かれており、中には色画絨毯もある。椅子や長牀の作りも少々違って、今紅林達が座っているのは座面に綿が入れてあり弾力があるものだ。卓も椅子も低く床と近いため、足を投げ出して座ることになり、大事な『お話』をしに来たというより、『お喋り』に来た時のようなくつろぎを感じてしまう。

侍女達への指示を終えた景淑妃が、部屋に戻ってきた。

丁寧に閉められた扉が「キィパタン」と微かな音を奏で、紅林は居住まいを正す。顔に描いていた憂色は、さらに濃くなるばかり。

人を疑うようなことを口にしなければならないとは、なんとも心苦しいものだ。

「お待たせしました、紅貴妃様。それでご用件とは？」

紅林の向かいの長牀へと腰を下ろし、景淑妃はまったりとして口を開く。

気持ちに踏ん切りをつけるため、紅林はひとつ咳払いをした。

「単刀直入に言います。今、景淑妃様は疑われています」

「な、何をでしょうか？」

彼女はうっすらと開けた口に手を添え、まさしく言葉も出ないといった感じである。

「景淑妃様は、宮女を襲った者の一味だと思われているんです。宮女達は、犯人が衛兵ではなく辰砂国の者だと思う者も出ているようで、景淑妃様が手引きしているかもと」

「何故そのように思われているのか……」

彼女は、眉間を寄せて困惑している様子だった。

誰でも突然『疑われている』と聞かされれば、このような表情にもなるだろう。しかめられた子犬のような丸い目は揺れ、わずかながら哀《かな》しみも籠もっているように見える。

なんだか、いじめているようでこちらの気も滅入《めい》ってくるが、後宮に一刻も早く安心を取り戻すために、貴妃としての役割は果たさなければならない。

「景淑妃様が、毎日辰砂国の特使の方と会われているのが原因で……。どこから漏れたかは分かりませんが、過去に辰砂国と縁があったという話がまた、拍車をかけているようでして」

ああ、と彼女は口元に当てていた袂で、そのまま顔を覆った。

「人払いをさせてまで話す用件とは、どのようなものかと思いましたが……確かにこれは、他の者達には聞かせられませんね。それにしても……」

景淑妃は、ひと言喋るたびに溜息を挟んでいた。彼女の様子を見る限り、その溜息は演技などではなく、心の底から辟易《へきえき》しているもののように感じられる。

出されていた茶に二人とも手を付ける時を逃し、立ち上っていた湯気もすっかり消えてしまっていた。二人しかいないため、どちらかが会話する気力を失ってしまうと、必然的にもう片方も口をつぐまざるを得ない。

明らかに景淑妃は今、全身で『待って』と言っていた。

紅林は何も言わず冷めた茶に手を伸ばし、音も立てずに静かに飲む。

どうやら知らぬ間に喉がカラカラに渇いていたようだ。荒涼とした大地に雨が染み込むように、飲み込んだ先から喉に茶が吸われ、一息で杯を空にしてしまった。

彼女の黙考を邪魔したくなくて、音を立てないように茶器を卓に戻す。

窓の外から聞こえる、鳥のピィピィとした涼やかな鳴き声に耳を傾けながら、彼女が袂から顔を出すのを静かに待った。

しばらく経って、向かいで衣擦《きぬず》れの音がして目を向ければ、景淑妃が袂を顔の半分まで下げて目を覗かせていた。

「紅貴妃様も……わたくしをお疑いになったから、訪ねてこられたのですか？」

半分だけというのがまた、初めての地上に不安を覚えて出てきたモグラのようで、ついい紅林は目元を和らげる。

「実は、少し前まではもしかしてと思っていました。しかし、今は景淑妃様は噂のようなことをする方ではないと思っていますよ」

「何故でしょう」

「宮女の悲鳴を聞いて一瞬の躊躇もなく走り出した方が、犯人と関わっているはずがないと思ったからです。それでも、こうして伺ったのは、私には後宮の監督者として真実を見極める責がありますので」

本心だった。

彼女に疑念を抱いたのは事実だ。しかし先日の夜、襲われた宮女を白星宮に招き入れ、親身になって対応している彼女を見て、事件とは関係ないと確信した。

「紅貴妃様……」

掛けられた声にはまだ戸惑いが含まれていたが、こちらを見つめる目は何かを決めたようにまっすぐだ。

「あまり人に言えた話ではないので黙っていたのですが……それが原因でこのようになっているのなら全てお話しせねばなりませんわね」

景淑妃は手を下ろし、袂で隠れていた愛らしい顔全てを現した。

「過去に辰砂国と縁があったと言いましたが、実はわたくしの家は代々、砂漠を渡り貿易品を運ぶ商隊をしておりました。わたくしが生まれた時には、ほとんど翠月国と辰砂国との間ばかりとなっていましたが、祖父の代までは様々な国と国との間を渡り歩いていたと聞きます」

「では、その水色の目は」

「ええ。辰砂国の血も入っております。というより、翠月国や辰砂国だけでなく、もっとたくさんの、自分も知らないような国の血が流れておりますの」

彼女は苦笑した。

「以前、その目の色に触れた時、気まずそうにされていた理由は？」

「他国の血を持つ者が後宮に、しかも妃嬪にいるというのはあまり気分がよろしくないでしょう。ですので、詳しい生い立ちは話さないようにしていたのです」

「なるほど」と紅林は頷いた。

家柄も重視される妃嬪の中には、『代々の』といった純血主義を唱える家もある。口にしてはいないが、おそらく李徳妃の家などはそうだろう。

余計なことを言って、わざわざ軋轢《あつれき》を生む必要はない。

「わたくしの中途半端な態度が、色々と噂を誘ってしまったようですね。もう紅貴妃様には全てお話ししますが、彼と会っていたのは、実は後宮を抜けろという話をされていまして。もちろん、わたくしは断っているのですが、脱走騒ぎもありましたし、時期が時期なので誰にも話さずにいたのです」

景淑妃と嵩凱の関係は、商隊長の娘と商隊員というもので、一緒に過ごしてきた仲なのだとか。十も年が離れていた二人は、兄と妹のようだったらしい。

しかし、五年前の翠月国の争乱で貿易がなくなり、商隊は一度解散を余儀なくされたという。景淑妃の両親は今までの伝手《つて》を使い、商隊員ひとりひとりに新たな働き口を用意した。嵩凱は辰砂国の国営商隊で雇われることが決まり、景淑妃の家族は翠月国へと移り、二人は離ればなれになったという話だ。

「でも実はわたくし、彼のことを愛しているんです」

紅林はぎょっとした。が、危機感は覚えなかった。

それは、そう話す彼女が、未練などまったく感じられぬほど清々しかったせいだろう。

では何故後宮に。

言いたいことが分かったのか、景淑妃は紅林が問うより先に答えを口にした。

「後宮に入った理由は、それが一番彼の役に立てると思ったからですわ。辰砂国の国営商隊として働く彼の役に少しでも立ちたかった。再び翠月国と辰砂国とを結ぶことは、国営商隊——彼の利になりますから。それに隣にいることはできなくても、どこかでは繋がっていたかったのかもしれません」

「だから、陛下への奏上を何度も……」

彼女の謎の行動が全て腑《ふ》に落ちた。

しかし、それだけ愛していても隣にいるという選択を取らないのは、どうしてなのか。

「隣にいられない理由を聞いても？」

「わたくし二度も彼に振られてますのよ、『大切な妹だから』って。なのに、後宮にいると分かったら自分の元に来いだなんて……身勝手すぎだと思いません？　どうせ、本当についていっても、妹としか扱う気はありませんのに」

怒るでも悲しむでもなくクスクスと肩を揺らす彼女からは、本心なのだろうことが伝わってきた。

「あの人にとって、わたくしはずっと妹であり家族であり守るべき存在なのでしょうね。けれど、そんなの御免ですわ。互いに支え合いながら隣に立ちたいのに、守られるだけだなんて不本意ですもの。ですから、わたくしは彼の隣にはいたくないんです」

愛する人から『共に』と誘われた手を、彼女は笑って拒んでいる。その意志の強さと確固たる信念に、紅林は敬服の念を抱いた。

「ただ勘違いなさらないでほしいのですが、彼はとっても誠実ではあるんですよ。だからこそ、何度断られても毎日足繁く通って、わたくしを正面から連れ出そうとしているのでしょうし」

「ええ、景淑妃様のお話しされる様子を見ていたら分かります」

一寸《ちょっと》の衒いもなく、自分を振った相手を当然のごとく認める発言は、それだけ相手が信ずるに値する者だからだろう。

ということは、やはり宮女達の噂は噂でしかなかったということだ。

「分かりました。事情は私の心の内に留めておくとして、噂が内侍長官様の耳に入ったら、私から否定しておきます」

「感謝申し上げますわ、紅貴妃様」

それから、少しだけ他愛のない話をした。意外にも宋賢妃や李徳妃に対する認識が同じで盛り上がってしまった。

「わたくし、紅貴妃様が貴妃様になってくださって良かったと思いますわ」

部屋を出る際に穏やかな微笑みと共に言われた言葉に、紅林も微笑を返した。

「景淑妃様。私は、流れる血に違いがあろうと、それだけでその者を否定する理由にはならないと思っています」

「はい」

もしかしたら、林王朝の血を持つ自分に言い聞かせていたのかもしれない。

◆

この間、ひとりで夜の散歩に出たことが朱蘭にばれ、それから紅林は大人しく牀に入ることにしていた。

今日一日で、様々なことを聞いた。

薄闇の中、ひとりで横になっていると色んな考えが巡る。

今回の事件について、噂では『景淑妃が紅貴妃に責任を負わせるため、辰砂国の者を手引きして後宮をメチャクチャにしている』という話だった。その根拠は、誰が漏らしたか分からないが、景淑妃が過去に辰砂国と縁があったからである。

しかし、景淑妃と話してみて分かった。

彼女も、彼女が慕う嵩凱も、このような悪行は決して働かない。

「だとすると、王維の行動の意図はなんなのよ。もしかして、彼が単独でことを起こしてるっていうこと？」

確かに、彼は後宮をメチャクチャにしようとしている。外交交渉に来ているというのに、彼に友好的という言葉がないのがおかしかった。

あの日――王維の前で涙してしまった日から、彼の呼び出しはない。というより、突如宮女が連続して襲われたこともあり、内侍省も紅林も忙しいのだ。王維が気遣っているのか、それとも内侍省が止めているのかは分からないが、正直ほっとしている。

「彼は、どうしてあそこまで私に固執するのかしら」

おそらく過去に会っているのだろう。思い出せと言ったということは、こちらも認知した過去があるということだし。

瞼を閉じて思考にふけろうとしても、思い出せないものは思い出せず、紅林は気分転換にと牀から抜け出した。

部屋の中をぐるぐると歩き回り、窓から射し込む月明かりに誘《いざな》われて窓辺で足を止める。

窓枠に肩をもたれさせ、外に広がる後宮を瞳に映す。

外は、散歩の夜より月が太っていて明るかった。

「夜に、あんなに宮の外を歩いたのは初めてだっ、た…………ん？」

呟いた自分の言葉に引っかかりを覚えた。

「いえ、多分初めてじゃない……あら、どうしてかしら？」

宮女の時は、確かに夜でも自由に出歩いていた。

しかし、脳裏に浮かびつつある思い出の自分は紅林ではない。纏っているものは上等品で、自分の視点は低く、まだ幼かったように思う。

それは、林紅玉《りんこうぎょく》としての姿。

「そういえば、先日もこんな感覚になったことがあったわね」

あれはいつだったか。

「そう、確か徐瓔が来て花結びの……芙蓉の話をしてる時に……」

ひとつずつ丁寧に、古くなった記憶をめくっていく。

記憶の中の自分は、夜の後宮を歩いていた。

どんどんと暗いほうへと進んでいく自分。

背後にある壁の向こうは、夜を払うような明るさと陽気な声でにぎわっている。

不意に鼻の奥で、酒気を感じる。記憶が紅林の五感までも蘇《よみがえ》らせていた。

そうだ、何かの宴が行われていたのだ。

◆

夜が深くなっても酒宴が終わることはなく、出席していた母の退座も許されず、公主である自分は、しばらく傍で大人しく料理をつまんでいた。

しかし、いつまで経っても終わらない酒宴と大人達のうるささに嫌気がさして、密かに酒宴を抜け出したのだ。幼く目立たない公主ひとりがいなくなろうとも、どんちゃん騒ぎに夢中な大人達は誰も気付かなかった。

内朝のあちらこちらを、酒宴に駆り出された宮女や衛兵、内侍官達がばたばたとしている。

誰にも声を掛けられなかったのは、忙しかったからという理由の他に、真っ白な長袍を着た幼い少女がひとり走り回っている姿に、もしかして幽霊かもという恐怖を与えてしまったからかもしれない。

林紅玉は、滅多に出ることができない後宮門の外——内朝を堪能《たんのう》した。

何本もの太い柱が、重層の寄棟《よせむね》屋根を支える建物は全て柱廊で繋がっており、まるで迷宮のようだ。各宮が独立して整然と並んでいる後宮とは違い、入り組んだ内朝は、子供の好奇心を刺激するには充分だった。

どんどんと人けのない、暗いほうへと進んでいく。

その中で、壁際にたくさんの白い斑点を見つけ近寄った。それは全て芙蓉の蕾で、今まさに開こうとしていた。自分はその場に佇んで、白い花が開いていくのをただじっと眺めていた。

どれくらい経ったか。

全ての蕾は薄闇の中で満開に花開き、自分はその光景に充足感を覚えていたのだと思う。

すると、背後で『あ……だ、誰?』と大人とは違う、線の細い中性的な声がした。

振り返った先には、他国の衣装を纏った少年が怯《おび》えた様子で立っていた。

そういえば、あの酒宴の客は辰砂国からの荷物を運んできた商隊といったか。であれば、そこの隊員の子か。

商隊相手に随分と豪勢な酒宴だなと不思議に思ったが、今後も良い品を届けてくれという、下心たっぷりのもてなしなのだろう。

しかし、良い品が届けられたところで、自分も皇帝も何も嬉しくない。どうせ、王宮に届けられた品のほぼは、桂長順《けいちょうじゅん》をはじめとした奸臣共の懐に入っていくのだから。

そんなことも知らずに、この子のいる商隊は荷駄を運び続けるのだろう。そのうちこの子も大きくなれば、無駄に奸臣の私腹を肥やすだけの働き蟻になる。

『ねえ、あなたって可哀想ね』

思わず笑ってしまった。

馬鹿にしたわけではない。ただ、何も分かっていないであろう彼と、彼が属している商隊のおめでたさをおかしく思ったのだ。

今思えば、随分と捻くれた子だったと思う。初対面でなんという言葉を掛けたのかと思うが、それだけあの頃の自分は荒《すさ》んでいたのだ。

しかし、少年は怒るでも泣くでもなく、口をぽかんと開けて呆然《ぼうぜん》としていた。

どうせ後宮門も閉まっていて戻れず暇だからと、林紅玉は少年と少しばかり言葉を交わすことにした。

芙蓉を背に、地面に二人腰を下ろす。

『私、こんな時間に宮の外に出たの初めてなの』

『出させてもらえないの？』

『違うわ、私が出ないって決めてるのよ。そりゃあ、母様は出ないでほしいって言うけど、言われたからじゃなくて、私は私の生活を守るために出ないの』

『じゃあ、今日は？』

『今日は異例よ。母様もまだ宴会場にいるし、後宮門は閉まって戻れないし、あんなうるさい場所にいたくないし。そういうあなたは商隊の子よね？　生まれた時から旅してるってすごいわね』

『いや、僕は昨年に入ったばかりで』

『そんな年で自分から商隊で働くって言ったの⁉』

『はは、違うよ。父様に……言われたからで……』

『ふぅん。ねえ、商隊で働くのは好き？』

『別に……好きかどうかなんて、考えたこともないな。だって僕にはこうする他ないし
……仕方ないんだもん』

ふぅん、と林紅玉はつまらなそうに頬杖をつく。

『つまらないわね』

少年が『え』と口を丸く開ける。

『商隊でいろんな場所に行けるのに、後宮に閉じ込められてる私より息苦しそうね。それって楽しい？』

林紅玉は立ち上がり、両手をこれでもかと大きく開いて、誰もいない夜に声を張った。

『好きでも楽しいわけでもないのに、よく大人しく従ってるわね。私は生きる場所を限定されてたり、どうしようもないこともいっぱいあるけど、それ以外のことは全部自分で決めるわ。嫌いなものには近づかないし、好きなものは精一杯愛するの。だって、私の人生を決めるのは私でいたいじゃない』

それは、後宮という世界で、狐憑きの公主に生まれてしまった林紅玉が、半ば自分に言い聞かせ続けていた、「負けるもんか」という意思の表れでもあった。

『あなたも、もっと好きに生きたら良いのに』

少年は、ぎゅっと膝を抱えて『そうできたら良いな』と、ポツリと呟いたのだった。

「世間知らずの子供が偉そうなことを言っちゃって、まあ……」

思い出した幼い頃の記憶に、紅林はいたたまれなくなって窓の格子にゴンと額《ひたい》を打ちつけた。

◆

「もしかして、あの子が王維？」

名も聞いていない、ただ夜明け前のほんのいっとき、言葉を交わしただけのあの子が。

今の彼からは想像できないほどオドオドと控えめで、感情も薄い子だった気がする。

少年は目元を前髪で隠していて見えなかったため、瞳の色は分からない。髪色も薄闇がおりている中でははっきりとしなかった。

「やっぱり違う子かしら」

王維と少年はあまりにかけ離れすぎている。

それに太子なら、何故民間商隊にいたのか。あの時、王族が来るなどという報せはなかったと思うが。もしあったのなら正式な紹介を受けているはずだし、さすがに紅林も覚えている。

「どちらでも良いわ。私が後宮を去るとしても、彼の手を取ることはないんだもの」

たとえ自分の過去を知っていても、心を開きたいと思うのは関玿だけだ。

窓から牀のほうへと顔を向ける。

窓と反対側に置かれ、天蓋がかけられている牀は暗くて寒々としている。

この事件が解決するまで、あの温かさは戻ってこない。

「すっかり私も腑抜けちゃって……こんなんじゃ、子供の頃の私に嗤われるわね」

自嘲が漏れた。

独り寝など、どうということもなかったはずなのに。誰かに包まれて眠る心地よさを知ってしまったら、もうなかった頃を普通とは思えない。

それでもまだ紅林の胸の中には、『北庭』という選択肢が残ったままだ。離れても生きていけないことはない。景淑妃のように、離れていても、愛する者を支えることはできるはずだ。

「思い出さえあれば生きていける……かしら」

ふる、と身体が寒さに震えた。裸足《はだし》だったため、床から伝わる冷たさで身体が冷えてしまったようだ。

紅林は大人しく牀へと戻る。

きっと掛布の中は冷たいだろう。それでも、横になっていれば慣れる。

「ふふ、後宮脱走を咎めた本人が、脱走を考えるだなんてね」

　もし、あの場所がなければ、後宮から密かに抜け出すことなど不可能だっただろう。それこそ、小茗のようにすぐ捕まってしまう。

「そうね……もし出る手段がなかったら、その時は王維に頼っていたかも。まあ、襲わせないけど」

　襲おうとしてきた王維を思い出し、紅林は辟易して嘆息した。

　しかし、関玿のことだ。どのような交渉材料を王維が積んでも、首を縦には振るまい。であれば、やはり嘘でも王維と関係を持ったと言うしかないのか。

「いえいえ、北庭があるから、そんなことには絶対にならないわよ」

　そこで突然、牀はもう目の前なのに紅林は足を止めた。

「……待って……襲われたら、後宮に置いておけなくなる？」

　ふと紅林の視界に、牀の脇机に置かれた青い端布が入る。青藍宮の侍女のものではないと返され、でも、なんとなく捨てられずとりあえず置いておいたものだ。

「辰砂国絡みの唐突な噂……一度だけの脱走騒ぎ……女官と宮女への乱暴と見つからない犯人……そして、どこから漏れたか分からない景淑妃様の過去……」

　紅林は、青い端布を手に取った。

　薄暗い場所で見ると、なおさら青藍宮の侍女の色そのものだ。

　これならば、誰にも気付かれない。

4

朱香《しゅきょう》を先行させたおかげで、紅林が内侍省に到着するより先に、関玿は到着していた。

王維や四夫人と会っていた二階の部屋とは違い、一階の最奥の部屋は大きさこそ変わりないものの、明らかにしつらえが違った。

部屋の一部は小上がりになっており、その上には、同じ方向を向いた椅子が二脚だけ置かれている。背後の壁には黄丹色の垂れ幕がかかっており、貴賓——皇帝と皇后のための部屋だと分かる。

関玿は椅子のひとつに座っており、紅林と、一緒に来た夏侯俍は彼を正面にして床に膝をついた。

堕胎薬を飲んでいると告白したあの日から会う機会がなく、久しぶりの対面だった。はじめ紅林は、どのような顔をして会えば良いのか、と内侍省までの道中に随分と悩んだものだが、部屋に入るなり『あぁ』と花を愛《め》でるような目で迎えてくれた関玿に、胸を絞られた。

彼の溶けるような眼差しに、紅林は夏侯俍が隣にいるのも忘れて駆け寄りそうになったが、彼に『紅貴妃』と外での名で呼ばれ、慌てて我を取り戻したのだった。

「それで、内侍長官も一緒ということは重要な話かな。大方、今、後宮を騒がしていることに関してか？」

「はい、一連の犯人が分かりました」

紅林は、床に指をついた正座の姿勢で進言する。

「ほう」と、関玿は口を縦にして、感嘆に眉を上げた。

「まず、現在後宮では様々な噂が流れておりますが、その全てがまやかしでございます。陛下には何卒《なにとぞ》、噂に惑わされぬようにお願い申し上げます」

「噂ほど当てにならないものはないからな。安心しろ、紅貴妃。俺は自分で見たものしか信じらん」

言葉はぶっきらぼうだったが、紅林を見つめる関玿の眼差しは、慈愛に満ちていた。

『噂を信じない』という言葉の裏からは、紅林が狐憑きということは気にしていないという意味が感じ取れる。

夏侯倀がいる手前、為政者としての顔を保ってはいるが、自分だけに見せる温かな眼差しに、紅林は胸を甘く締め付けられる。

「え、英邁《えいまい》な陛下に感謝申し上げます」

自分のほうが貴妃としての顔を保てそうもなく、慌てて顔を伏せ礼を言うことで耐えた。

クスッと頭上から聞こえたから、もしかして関玿には見透かされているのかもしれないが。

「それで、犯人が分かったということは、もう捕まえたのか、内侍長官？」

関玿が紅林の隣に同じく座していた夏侯焔へと話を振る。

「いえ、それが……僕も紅貴妃様に犯人が分かったということしか伺っておらず。強いて言えば、ここに来る最中に脱走未遂宮女の相手は誰かと尋ねられたくらいで……詳細は、陛下と一緒にということでしたので」

「正確には、犯人を捕まえる方法が分かったのですが」

「それでも充分だ。よくやった、紅貴妃よ」

紅林ではなく貴妃として褒められ、むずがゆくなる。

彼に忠誠を尽くしてきた者達の気持ちが、分かるようだった。

「実は陛下にお話ししたのは、陛下にも犯人逮捕にご協力いただきたいからです」

「俺にできることがあるのなら協力しよう」

「昨夜は幸いにも被害はありませんでした。犯人を捕まえたくとも、犯人がいないのでは始まりません。そこで陛下には、必ず今夜犯人が後宮に現れるように仕向けていただ

る。

「ほう」と、関玿は興味をそそられたのか、少年のように目を煌めかせ、前のめりにな

隣から夏侯焮が眼鏡を触りながら「危険なことは駄目ですよ」と紅林を窘《たしな》めてくるが、禁軍将軍よりも強いと噂の関玿を窮地に陥らせるようなことは、そうそうないと思う。

「それで、俺は何をすれば良い？」

「陛下には、偽の布令を内朝に出していただきたいのです。『犯人が見つからないため、明日から後宮衛兵全員を他の衛兵と入れ替える』と」

「布令は後宮だけでなく内朝にもか？」

「はい、後宮の中の者と後宮衛兵両方に伝わるように。布令を聞いた犯人は必ず今夜、本懐を遂げようと動きますので」

関玿と夏侯焮が声を揃えて「本懐？」と首を傾げたが、紅林はそこに答えは与えず、深い笑みを描いた顔で頷くばかり。

「では、布令は俺の名ですぐに出そう。内侍長官、頼んだぞ」

夏侯焮が「かしこまりました」と頭を下げる。

「手伝うのはこれだけで良いのか、紅貴妃」

「実は、あとひとつ……陛下にお願いしたいことがありまして……」

「いいぞ。あとは何を手伝えば良いんだ」と、関玿は間髪容れずに紅林の頼み事に是と返すが、何故か紅林のほうが躊躇いを見せていた。

関玿にお願いしたいのは、犯人を確定させるために必要な物を用意してもらうことなのだ。が、その必要な物の元所有者が所有者なので、関玿の機嫌を損ねそうなのだ。

「じ、実は用意してほしい物がありまして……」

紅林の視線は床の上を右往左往する。

「なんだ、言ってみよ。紅貴妃のためならば、なんでも揃えてやるぞ」

対して、まったく物をねだらない紅林から初めておねだりされて嬉しいのか、関玿は嬉々《きき》と声を弾ませている。

「あの、これは犯人に言い訳をさせないために必要な物でして」

「ああ、言ってみろ」

「ですので、決して他意はなく……ちょうど良かっただけと言いますか」

「だから、それはなんだ。言ってみろと」

「その……し、辰砂国よりいただいたものを――」

「ん？」と、相槌という名の威圧が紅林の言葉を遮った。

彷徨っていた視線を恐る恐る関玿へと戻せば、彼の顔は笑っていたが、目の奥は笑っていなかった。

――ひぃっ！

泣きたかった。

◆

日も落ち、後宮内で最後の巡視を終えた衛兵達は、次々に後宮門からぞろぞろと外へ出て行く。合間に、業務を終えた内侍官達もパラパラとまじっている。

そうして最後に夏侯偵が出て行けば、蝶番《ちようつがい》が唸りをあげ、後宮門はぴったりと閉じられた。

あわせて妃嬪宮の門も閉じられ、宮女や女官達は各々の宿房に戻り、後宮内の人けはより一層希薄になる。

東からやって来た夜が、空を西まですっぽりと包んだ頃。

ガサゴソと、植え込みの間から青い深衣を纏った者が姿を現す。

その者は、影を道として音もなく歩き、青藍宮の門扉を小突くように叩いた。

やや間があって扉が開くと、深衣を纏った者はするりと門の内側へと姿を消した。

「どう？　今回も見つかってない？」

「ああ、大丈夫だ。いつも通り上手く隠れてたさ」

出迎えた侍女が、今し方入ってきた者に小声で話し掛ける。

二人は共に同じ格好をしており、傍目《はため》には青藍宮の侍女と思われるのだが、片方の侍女の声はやけに低い。

「今までの三人はちゃんと尼寺に行ったわ。きっともう大丈夫、怪しまれないわ」

「急に布令が出るんだもんな、焦ったよ。だが、ギリギリだったな」

「先に行って待ってるわ、越蘭《えつらん》」

5

翌朝早く、内侍官が赤薔宮に駆け込んできたのを、紅林は正宮の前でしっかりと身なりを整えて出迎えた。

真っ赤な長袍に刺された、天高く翔《か》ける金糸の鳳凰が、朝日にキラキラと輝いている。

「こ、今度は青藍宮の侍女が襲われました。とうとう妃嬪宮の中にまで……っ！」

恐ろしいことを口にしたかのように、内侍官はぶるぶると震え上がっていた。

「まあ、怖いこと。ねえ、二人とも」

「大変なことですわ」

「おー怖い怖い」

紅林の背後に起立して並ぶ朱姉妹が、まったく大変でも怖くもなさそうな顔で頷く。

「きっと宋賢妃様も気落ちしてらっしゃるでしょうし、お見舞いに行かなければならないわね」

「え⁉　いえ、それはちょっと……」

紅林は内侍官の「やめたほうが良いのでは」という眼差しを、長袍を翻しながら無視し、朱姉妹を引き連れて青藍宮を訪ねた。

案の定、青藍宮は門にたどり着く前から分かるほどの混迷ぶりを極めていた。

「ちょっと、徐瓔！　こんな大変な時に、どうしてそんなの案内してるのよ！」

出迎えてくれた徐瓔に従い、正宮にある宋賢妃の部屋に足を踏み入れた瞬間、彼女の怒号が飛んでくる。

彼女が紅林に対し不貞腐《ふてくさ》れた態度を取るのはいつものことだが、面と向かって『そんなの』呼ばわりするとは、よほど混乱しているとみえる。

背後で朱蘭が宋賢妃に対し、負けじと不穏な空気を出しているが、今ここで言い合いされても困る。

紅林は朱蘭の視線から宋賢妃を隠すように、一歩進み出る。

「聞きましたよ、宋賢妃様。侍女の方が襲われたとか」

「そうよ！　知ってるんなら、わざわざ来ないでちょうだい！」

産後の猫のような威嚇具合だ。ピリピリしている。

「そう邪険にしないでください。貴妃として、私には後宮内を監督する必要があります。特に、今回は被害者が侍女ということで、犯人が妃嬪宮の中にまで入るようになっては、私も他人事ではありませんから」

紅林の言い分に理《り》を認めたのか、宋賢妃はぐっと言葉を詰まらせた。

彼女はいつもより幾分か適当に結われた髪を、ぐしゃりと惜しげもなく手で乱し、心労の滲んだ溜息を吐いた。

「それで、被害にあわれた侍女の方は？」

「気が動転してるようだったから、正宮の一室で休ませてるわ」

「では、青藍宮内にいるんですね。それは良かった」

「……何が良かったっていうのよ？」

尖った目尻をさらに尖らせ、宋賢妃が紅林を睨む。

しかし、紅林は彼女の睥睨《へいげい》に笑みを返した。宋賢妃の片眉が波打つ。

「宋賢妃様、侍女を全員この部屋に集めてください」

多い多いとは聞いていたが、本当に多かった。

部屋に集められた侍女の群れは圧巻である。紅林のところは異例だとしても、他の景淑妃や李徳妃の侍女は十人もいないくらいだ。

だというのに、宋賢妃の侍女はざっと数えただけでも二十人はいる。

「ねぇちょっと、あんた。何する気よ」

「それは――」と紅林が言いかけた時、青藍宮の表が騒がしくなる気配が漂ってきた。

そうしてしばらくすると、紅林達のいる部屋に複数の足音が近づいてきて、扉が開くと同時に男が転がり込んできたではないか。

「きゃあ！」と、扉付近にいた侍女達の悲鳴が上がる。

転がり込んできた男は武具を身につけており、衛兵だということが窺えた。

しかし、彼が衛兵としての役目を果たすことは難しいだろう。腕と胴体を縄で何重にも縛られ、床で芋虫のように転がったまま立てないでいるのだから。おまけに、噛ませた猿ぐつわのせいで、ふがふがと呻くことしかできない。

「ちょっと何事――って、内侍長官様!?」

苛立たしげな声を上げて、入り口をキッと睨んだ宋賢妃だったが、そこに立っていた夏侯俍の姿に驚きを表す。

「内侍長官様、これはいったいどういうことです！　衛兵なんか勝手に宮に入れて」

宋賢妃の戸惑いながらの問いに、夏侯俍は一歩前に進み出て答えた。

「後宮を騒がしていた犯人ですよ。ここへは、彼の協力者を探しに来ました」

「きょ、協力者？」

夏侯侲の言葉に、宋賢妃の目がみるみる見開かれていく。

疑問か驚きか不安か、彼女の紫色の瞳が揺れていた。口はうっすらと開き、何か言葉にしようと懸命に動かしているのだが、それより先に夏侯侲が声を張り上げる。

「この場にいる者全員、両手を突き出しなさい」

夏侯侲の有無を言わせぬ声の強さに、侍女達は反射的に手を出して従った。

居並ぶ侍女の前を歩き、夏侯侲はひとつひとつ目を細め、彼女達の手を確かめていく。

「どうです、内侍長官様。いましたか？」

そして、最後のひとりまで終わったのを見計らって、紅林は彼に尋ねた。

「いえ、残念ながら。皆さん綺麗なものですよ」

彼は疲れたとばかりに目頭を指で揉《も》み、首を横に振る。

「そう、やはりですか」

「ちょ、ちょっとなんなのよ!?　あんたも何か知ってるわけ」

宋賢妃は、言外で会話をする紅林と夏侯侲の間で視線を行ったり来たりさせて、宮の主なのに置いてけぼりにされている現状に憤然としていた。

「宋賢妃様」

そんな彼女の憤慨には取り合わず、紅林はいつもと変わりない声音で呼びかける。

「な、何よ」

「確か、もうひとり侍女がいましたよね。どちらでしょうか？」

「さっき言ってたでしょ、休ませてるって。ここの二つ隣の部屋だけど……」

言葉を聞くやいなや、夏侯俍が踵を返し部屋を出て行き、戻ってきた時には、ひとりの侍女を引きずるようにして連れていた。

「紅貴妃様の仰ったとおり、この侍女が犯人の協力者でした」

夏侯俍は、おおよそ女人に対する態度とは思えない乱雑さで、侍女を投げるようにして衛兵の隣に転がした。

「きゃっ！」という悲鳴が、転がった侍女から上がる。

紅林は彼女に見覚えがあった。

「慈花！　大丈夫⁉」

「そ、宋賢妃様……っ」

青藍宮の侍女頭である慈花だった。

宋賢妃は転がされた慈花に駆け寄り無事を確認すると、キッと夏侯俍を睨み上げる。

「あまりのなさりようではありませんか！　あたしの侍女が協力者？　彼女は被害者ですのよ！」

子猫を守る母猫のように、慈花の肩を抱き柳眉を逆立てる宋賢妃を、夏侯佩は冷ややかな目で見下ろしていた。

「この端布をご存知でしょうか」

夏侯佩は懐から青い端布を取り出して見せる。

「それは、紅貴妃様が以前持ってきた……しかし、それがなんだというのです！　色が似ているだけで、青藍宮の侍女のものではありませんでしたが」

「ええ。これは、そこの男が後宮にもぐりこむために使った深衣の布ですから」

え、と宋賢妃が眉をひそめた。

「衛兵が深衣？　な、なんの冗談ですか」

「冗談ではありませんよ。この衛兵は、犯行に及んでから後宮門が開くまでの間、青藍宮に身を隠していたんですから。ええ、ええ……決して冗談じゃ済まされません」

夏侯佩が床に転がる慈花をキッと睨み付ける。

宮門の鍵は内鍵である。それは、内側から鍵を開けてやる者がいたということ。

宋賢妃の下唇は、強く噛みすぎて紅《べに》がはげ、白くなっていた。

「犯人の協力者が、侍女頭の慈花だろうことは推測していました。ただ、はっきりとした証拠はなかったんです」

紅林の言葉に、宋賢妃がわずかに希望を見出《みいだ》す。

「じゃあ、慈花じゃない可能性も……！」

「そ、そうです！　私は襲われたほうで、それに暗くて犯人の姿は見ていないのです。犯人がこの衛兵という証拠もないはずですし、そもそも私は彼とは今初めて会ったのですよ」

宋賢妃に守られているという安心感からか、慈花には以前見たような静かさはなく、激しく夏侯仮に食ってかかっていた。

夏侯仮のただでさえ鋭い目が、さらに険しくなっていくのにも気付かずに。

「私は関係ありま――ッ痛！」

夏侯仮は無言で慈花と男の手を掴み、慈花が顔を歪めるのにもかかわらず、強引に掌を開かせた。

「往生際が悪いですね。実に見苦しい」

二人の掌は同じように真っ赤に腫れ、所々がかぶれていた。

「同じ？　え……ど、どういうこと？」

掌を見た宋賢妃は、わけが分からないと、男と慈花との間で何度も視線を往復させる。

「実は、青藍宮の侍女の方に協力していただきまして。夜、宮門が閉められたあと、門扉の内側に特別な毒を塗ってもらいました。二人の手のかぶれは、それに触れたからです」

刹那、男は顔色を失い、呻きを漏らしながらジタバタと暴れはじめた。

「ど、毒⁉ いッ、嫌ああ⁉ 助け……っ助けてください、宋賢妃様！」

慈花も毒と聞いた途端、己の主に助けを求めはじめる。

「毒ってあんた、うちの宮になんてことしてくれてんのよ！」

「ご安心を。もう拭き取っておりますので」

「そういうことじゃなくて……」

毒という言葉に、宋賢妃を含めた青藍宮の者達は、ザワザワと潮騒《しおさい》のように驚きを露わにするが、男や慈花ほど取り乱したりはしない。

「毒と言っても、命に関わるようなものじゃありませんよ。多少皮膚が荒れるくらいで」

紅林がそう言うと、二人はほっとしたように騒ぐのをやめた。この反応からでも充分、二人が黒だということが分かる。

「夜中に青藍宮の門扉に触れなければ、このかぶれはできません。なのにどうして、夜は後宮門の外に出ているはずの衛兵と、慈花が同じ傷を負っているのでしょうね」

ここまで言ってしまえば、宋賢妃も全てを察したようだ。

慈花の前で膝を折り、沈痛な面持ちで床で這いつくばる彼女を見下ろす。

「どうして、慈花……あなたはよく気が利く侍女で、皆をよく面倒見てくれて、恋愛なんてって言っていたじゃない」

「だって、好きになったものは仕方ないじゃないか。彼と結ばれるには後宮にいては無理で……別に人を殺したわけでもなし、好きな人と一緒に過ごしたいという、ささやかな願いじゃないですか! この気持ちは、そんなに悪いことなのでしょうか!?」

叫ぶ慈花を前に、宋賢妃はいつも柳のように美しい眉を、今はひどく曇らせて唇を噛みしめていた。今、彼女の胸の内には様々な感情が渦巻いていて、言葉にできないのだろう。

「好きな人と一緒に過ごしたいという、その気持ちは悪いものではないわ」

だから、代わりに紅林が慈花の叫びに対し応えた。

紅林が肯定したことで、慈花の顔は「ほら」と言わんばかりに輝いたが……。

「でも、それは他人に迷惑をかけていい免罪符にはならないのよ」

否定されると唇を噛み、俯いてしまった。宋賢妃も唇を噛んでいるが、二人の心情はまったく別物だろう。哀しみに耐える宋賢妃に対し、慈花は納得がいかないとばかりの、恨みがましい表情をしているのだから。

「俺もその気持ちは否定しないさ」

すると、そこへ夏侯侲や衛兵とは別の男の声が、部屋に投げ入れられた。

その場にいた全員が声が聞こえたほう――部屋の入り口へと視線を向けた瞬間、言葉を失って瞠目する。

「へ、陛下！」

宋賢妃の声に、青藍宮の者達は皆、一糸乱れぬ動きで膝をつき叩頭した。

「挨拶はいい。さて、どうやら協力者も無事に見つかったようだな」

足元に広がる光景に関玿が満足げに頷き、部屋の奥で静かに佇む紅林に視線を送れば、紅林も小さく頷き返す。

「誰も人を好きになることを否定はしない。後宮から出て結ばれたいと思う気持ちも理解できる。だが、それが認められるのは正当な方法で訴えた者のみだ。最初から卑怯《ひきょう》な手を使い、他者を裏切る者など俺は認めない」

皇帝の登場に、衛兵と慈花は先ほどまで全身から不満を噴き出していたのに、息の仕方を忘れたかのように静まり、虚《うつ》ろな瞳で床を見つめていた。

関玿は夏侯伮に目配せし、衛兵の猿ぐつわを外すように促す。

「直答を許す。衛兵、お前は『孫越《そんえつ》』という名を知っているか？　最初の宮女脱走未遂の際、宮女と共に逃げようとした衛兵の名だ」

衛兵の顔は死人のように白く、歯がカチカチと小刻みに揺れている。衛兵だけでなく、慈花も同じくぶるぶると全身を震わせている。

「宮女から衛兵の名は聞いていたのですが、何故か探しても見つからず……それどころか、孫越という名の衛兵自体いなくて、不思議に思っていたんですよ」

「正直に答えよ、衛兵。孫越とはお前だな」

長い長い沈黙の後、衛兵は蚊の鳴くような声で「はい」と答えた。隣で慈花が「越蘭」と絶望に満ちた声で呟いていたが、おそらくそれが衛兵の本名なのだろう。

越蘭と慈花は、関玿が青藍宮の外で待たせていた衛兵達によって、引き立てられていった。

6

自分の宮の侍女――それも、信頼していた侍女頭が、後宮を騒がした犯人だったのだ。

その衝撃はどれほどのものか。

いつも自信に満ちあふれていた宋賢妃の目は、三日三晩不眠不休で働いた農民のように疲れ切っており、あれだけ皇帝の寵を欲しがっていたというのに、その皇帝を目の前にしても何も喋れないでいた。

彼女は青藍宮から連れて行かれる慈花を見つめて、ポツリと呟いた。

「綱紀を正さなきゃって……自分で言ったものね」

その言葉は、裏切られていたと分かった今でも、頼りにしていた侍女頭を引き留めようとする自分を制しているように聞こえた。

その後、関玿や紅林達が青藍宮を去って行くのを、宋賢妃はただ静かに頭を下げて見送っていた。

◆

内侍省の貴賓室。事件の全容を説明するということで、いつかのごとく椅子に座る関玿の向かいに、紅林と夏侯侲が並んでいた。

「それでは紅貴妃、今回の件について説明を頼む。昨日は布令を出したりと忙しくて、詳しく聞けなかったからな」

「僕も知りたいですね。犯人を捕まえることはできましたが、何故今回のような捕り物ができたのかまだ謎ですし」

関玿と夏侯侲の視線を受け、紅林は目で頷き、ひとつずつ丁寧に説明をはじめた。

「犯人である、侍女の慈花と衛兵の越蘭。まず、二人の本懐が後宮の外で結ばれること、というのを念頭に置いていてください。しかし、後宮という場所ではその本懐を遂げるのは不可能です。そこで二人は、最初に脱走を企てたのです」

すかさず夏侯侲が『待て』とばかりに、紅林に掌を向ける。眼鏡の下の左目には、疑問符が浮いている。

「越蘭が一緒に脱走しようとしたのは、小茗という慈花とは別の宮女ですよ」

「慈花と結ばれたいなら、慈花と逃げるはずだ。もしかして越蘭が二股していたのか？」

関玿も首を傾げた。

「いえ、小茗は実験台として使われただけです。慈花も越蘭も、後宮の脱走がそう簡単に成功するとは思ってなかったのでしょう。だから、試しに別の女人を犠牲にして、脱走できるか確認をしたのです。孫越という偽名まで使って」

ポンと夏侯偀が手を打った。

「なるほど！　そのための偽名でしたか。どこへでも逃げられる衛兵と違い、失敗した時に捕まるのは女人のほう。もしそこで女人が相手の男の名を内侍官に言っても、偽名であれば僕達は捕まえることができない。万が一成功したなら、改めて同じ手法で慈花を連れ出し、先に連れ出した女人の前から姿を消せばいいと……」

さすが、関玿が認めた内侍長官だ。理解が早くて助かる。

「はい。その後、小茗は罰を受け再び後宮に戻ってきましたが、小茗の行動範囲さえ知っていれば、広い後宮内で回避することは難しくありません。小茗が言うには、熱心に脱走を口説かれたそうですから、端《はな》から計画のために小茗に近づいたんでしょうね」

紅林の話を聞いた夏侯俶と関玿は、「最悪だな」と目の下をヒクつかせて、嫌悪感たっぷりに吐き捨てていた。

「それで、結局脱走は不可能と分かった慈花と越蘭は、次の策を考えます。実に口惜《くちお》しいことなのですが、この次の策の糸口を与えてしまったのはおそらく私です」

「なんだと」

関玿が腰を浮かせ、不安に目を揺らしていた。罰しなければならないのか、という戸惑いが、彼の固唾をのむ音から伝わってくる。

「小茗から、宋賢妃様と一緒に脱走について話を聞いた時です。流刑についての話が出て、その流れで慈花から『追放された女人は、全員流刑地送りなのか』というような質問を受けまして……」

今思い出しても、なんの警戒もなく素直に答えてしまった自分が忌々しい。

「紅貴妃はなんと答えたのだ」

「罪を犯していない者の追放先は尼寺になると……。これを聞いて、慈花は『自分に非がない状況であれば大丈夫』と考えたのでしょう」

「それが、襲われることとは……」

関玿はなるほどと頷きつつも、理解できないとばかりに皺が寄る眉間を、指で揉んでいた。吐いた溜息には、呆《あき》れが滲んでいる。

夏侯仮も同じ心情のようで、カチャカチャと片眼鏡を神経質に触っていた。

「しかし、ここでもまず慈花ではなく、女官や宮女が被害にあっていますよ。やはりこれも、尼寺送りになるかの実験台だったのでしょうか」

「ええ。それと、最初から慈花を狙うわけにはいかなかったからです」

「何故でしょう」

「いきなり妃嬪宮の中にいる慈花が襲われたら、まさに慈花が目的と言わんばかりだからです。彼女は懇意にしている衛兵はいないと言っていましたが、そんなもの、しっかりと調査が入ればばれます。この場合、越蘭が慈花を襲った犯人として捕まるおそれがあり、慈花が目的であることを誤魔化す必要があったのです」

妃嬪宮は壁に囲まれている上に、門兵までいる。

壁も門兵もなしの宿房にいる宮女のほうが、よっぽど襲いやすいというもの。『無差別な犯行の中で、偶然慈花も襲われた』という状況にするためには、最初から一番難易度の高い妃嬪宮の中の者を狙うわけにはいかなかった。

だから、越蘭はまず見回りに乗じて女官を襲ったのだ。

女官は、外で音がしたのを不思議に思い出たところで襲われたと証言していたから、それこそ無差別だったのだろう。

「女官が襲われてから、宮女二人が襲われるまで多少間が空いたのは、最初の事件で後宮が夜間男子禁制となったからです」

「そこで越蘭と慈花は、侵入方法としてこれを考えついたのですね」

夏侯偵は青藍宮でも出した青い端布を、懐から引っ張り出した。

それは、紅林が証拠品として夏侯偵に渡したもの。きっとこの後、大理寺に提出されることになるのだろう。

「内侍長官、その青い布はなんだ？　青藍宮の侍女の着ていたものと同じように見えるが」

「これは、越蘭が変装に使った深衣の端布です。紅貴妃様が見つけてくださいました」

見つけたのは宮女ですけどね、と紅林は苦笑した。

「変装だと？」

説明してくれ、と関玿の目が夏侯偵から紅林へ滑る。

「その端布、青藍宮の侍女のものとはほんの少し色が違うのですが、日が落ちればまず間違いなく気付かれません。実は、越蘭は夜に後宮に侵入したわけではなく、元より後宮門が閉じられる時、内側に潜んでやり過ごし、青藍宮の侍女に変装していただけです。後宮にはいくらでも隠れる場所はありますから」

「なるほど、侍女姿に変装すれば自由に歩き回れるな。それに、後宮には人けのない場所もたくさんある。例えば、北庭のように。……な、紅貴妃？」

突然、二人しか知らないかつての出会いを匂わされ、紅林はゴホゴホとむせた。夏侯倀もいるのに、密かにのろけようとしないでほしい。心臓に悪い。まあ、北庭での出会い方など誰も知らないから、のろけとは思われていないだろうが。

紅林は、ひとつ大きな咳払いをして調子を戻す。

「着替えや武具などは、青藍宮内で慈花が預かれば見回りの宮女に見つかることもありませんし、宮女を襲ったあと、青藍宮に逃げ込めば宮女の捜索からも身を隠せます」

二人目の宮女が襲われた時、紅林と景淑妃の指示で、隅々まで宮女に捜索をしてもらったが、犯人を見つけることができなかった。

それは全て、犯人——越蘭が既に青藍宮の中という、宮女が見回れない場所へと入っていたからに他ならない。

以前、徐瓔や宋賢妃から、夜は慈花が青藍宮内を見回っていると聞いたことがあった。あれは、見回るふりをして、越蘭を密かにかくまっていたのだろう。宮内にも隠れる場所はいくらでもある。

「私は最初、この端布は青藍宮の侍女が深衣を破いたものとしか思っておりませんでした。しかし、確認に行けば青藍宮の侍女で深衣を破いた者はおらず、端布の色が微妙に違うことが判明しました。では、他の妃嬪宮の衣装だろうかとも考えましたが、やはり腑に落ちませんでした。わざわざ、ここまで青藍宮の深衣に似た色で衣装を作る意味とは……。そして、過去のとある逸話を思い出した時、この端布の意味に気付きました」

夜にひとり、後宮を出る方法について考えていた時、公主時代に読んだ後宮史を思い出したのだ。

その中には、仮死薬を飲んで死体となって後宮から運び出されようとする者や、後宮の外側にある医薬房に行くために、わざと重傷を負い治療の隙をついて逃げようと画策する者、そして、衛兵や内侍官に変装して出ようとする者など、女人達の涙ぐましい努力の跡が記されていた。

その後宮史は、大火で燃えて残っていない。

残っていれば、もしかしたら慈花が読んで真似したかもしれず、燃えて良かったのかもしれない。

「しかし、青藍宮の侍女が協力しているとまでは分かったのですが、肝心の犯人と協力者は特定できません。だからこそ、次こそ必ず犯人が協力者を襲うように仕向けたかったのです」

「なるほど、それで俺に布令を出させたのだな」

「おかげで紅貴妃様の目論見通り、昨夜は青藍宮の侍女である慈花が襲われたわけですね。いや、お見事でした！」

紅林に対し、関玿は得心に口端をつり上げ、夏侯振はお見事と拍手した。

全容がやっと明らかになったことで、二人の表情からは疑念が綺麗さっぱりと消え、ふぅと腹の底から安堵の息を吐いていた。

真剣に耳を傾けていたがゆえに、いつの間にか前のめりになっていた関玿は、襟を緩めながら背もたれに身体を預ける。

「それにしても言い逃れできないよう、まさか毒を使って証拠を残させるとは。毒と聞いた時は驚いたが、使って正解だったな。特に越蘭を捕まえるには有力な証拠となる」

「大理寺へ提出する調査書に、この端布と一緒にその件についても記します。夜間に青藍宮を出入りしない限り、門の内側に塗った毒に触れる者はいない――と。言い逃れできない充分な証拠ですよ」

二人は毒だ毒だと言っているが、毒と言っても、使ったのはただの植物毒である。命に関わるものではなく、触れたところがかぶれる程度のものだ。

「ところで、紅貴妃はどうやって宮女脱走未遂と、宮女が襲われた事件が繋がっていると気付いたんだ。紅貴妃の話を全て聞いた今なら繋がっていると分かるが……衛兵の名も違うのによく分かったな」

関玿は肘掛けに頬杖をつきながら、紅林に余談を求めた。

「私も最初から、繋がっているとは思っていませんでしたよ。ただ、どちらの事件の時も、流れた噂に『辰砂国』というのが共通して入っており、作為的なものを感じたからです」

もちろん、それだけではない。

景淑妃が過去に辰砂国と縁があった、という噂が流れたこともひとつだ。

景淑妃は、自分の生い立ちを隠そうとしていた。そんな彼女がむやみやたらに、過去の縁など話すはずがない。

となると、それを知っている人間は限られる。

景淑妃がチラと『過去の縁がある』と言った時――竹緑殿《ちくろくでん》で辰砂国の接遇についての話し合いが行われた時――に、話が聞こえる範囲にいた者達。つまり、四夫人と侍女一名ずつの誰かである。

その中に慈花がいれば、もうほぼ間違いなかった。

ひとつひとつは大したことではないが、慈花の行動はちょっとずつおかしかったのだ。

興味がないと言いつつ宮女追放について知りたがったり、侍女頭であるのに下っ端がやるような尚服局《しょうふくきょく》への衣装の注文や、意中の者はいないと言いつつ占いに必死になるなど。

懸命に隠していたのだろうが、やはり本来の目的《皇帝に仕えること》以外に目的を見出した者は、どこかで欲望が滲み出るものだ。

「どうした、紅貴妃。何かまだあるのか？」

考え事でぼうっとしてしまっていたようだ。

関玿が気遣いの声を掛けてくる。しかし、紅林は「なんでもありません」と素知らぬ顔をして笑った。

事件は無事に解決したし、証拠も充分。であれば、わざわざ景淑妃の過去に言及しないといけないような話は、出さないほうが良いだろう。

彼女は隠したがっていたし、どこの血が混じっていようと問題はないのだから。

——まあ、関玿も知ったところで興味なさそうだし。

こうして、紅林の策略により、後宮を騒がせた事件の真相はつまびらかになった。

「紅貴妃、よくやってくれた。感謝する」

彼から一寸の濁りもない眼差しでまっすぐに褒められ、紅林の中に新たな気持ちが萌《ほう》芽《が》した。

彼の言葉は、いつものよく知る関玿としての言葉ではない。

皇帝としての関玿に、寵妃としてではなく、後宮を預かるひとりの妃として、功績を認められたのだ。

——それが、こんなに嬉しいだなんて……。

目の奥で花火が咲くように、視界がキラキラパチパチする。その火花の熱さは、脳裏にずっと残っていた景色をかき消すには充分だった。

◆

今回の件は衛兵が絡んでいたこともあり、内侍省専決ではなく、王宮全体の取り締まり役である大理寺に任されることとなった。

脱走未遂の時のように、感情論での口利きは不可であり、きっちりと法に照らし合わせて裁かれる。

そして慈花と越蘭が収監された翌日、二人の運命が決まった。

既に証拠が全て揃い、二人も罪を認めていて調査がほぼ必要なかったことから、このように早い判決となった。

しかも今回はその罪の重さから、到底笞杖刑では済まされず、大理寺を管理する上位部省である刑部《けいぶ》まで出てきての裁判であった。

刑罰は大きく分けて五つあり、軽い順に笞刑、杖刑、強制労働の徒刑《ずけい》、流刑、そして死刑となっている。

刑部が出てきた時点で徒刑以上が確定していたのだが、慈花と越蘭はそれぞれ法廷に引きずり出されても、どこか余裕を見せていた。

「私はただ好きになった方と添い遂げたいと思っただけです。この想いのどこが罪なのでしょうか！　一度入ったら、私達後宮の女は心すらも自由にならないのでしょうか⁉」

慈花は大仰に涙を流しながら、刑部官達の情に訴え。

「他の宮女達には悪いことをしたと思っています。彼女達に詫《わ》びるためにも過酷な地で己を罰し続け、少しでも国の役に立ちたいと思います」

越蘭はしおらしく反省と悔悟の弁を述べ、国への忠誠を声高に誓った。

二人とも刑部尚書の心証を良くしようとしたのだろうが、法の番人である刑部尚書を甘く見すぎた。

情に流される者を、皇帝が刑部尚書に就けるはずがないのだ。

刑部尚書は二人をこのように判じた。

「そうだ。一度入ったら身も心も皇帝のものである。それが後宮という場所だ。嫌ならば、入らないという選択肢があるものを、衛兵を好きになったからといって、陛下にお仕えするという目的も忘れ、あまつさえ陛下の寝所である後宮を騒がすなど言語道断」

と、慈花を軽蔑し。

「身勝手な理由で罪なき者を三人も襲い、さらにその者達は陛下のものである。お前は陛下をお守りすることを役目としながら、陛下の私物を幾度も勝手に壊した上、罪も償わず逃げようとした。今更反省を見せたところで、見ているこちらが寒々しいものだ」

と、越蘭を批難した。

それでもまだ、二人はせいぜい流刑くらいだろうと思っていた。

流刑ならば、また逃げ出せる可能性があると。

しかし――。

「よって、腰斬《ようざん》による死刑を言い渡す」

二人に言い渡されたのは、巨大な斧《おの》で腰から身体を半分に切断する刑であり、斬首と違い即死することはなく、流れ出る血の温かさを感じながら、それこそ死ぬほどの痛みが死ぬまで続くものだった。

「そんな、う、嘘よ！　うそ――ッ嫌ああああああああああ！」

「冗談だろ⁉　クソッタレがッ！」

「二心を抱いたお前達には妥当だろう」と、刑部尚書は呆然とする二人を捨て置いた。

その日のうちに刑は執行され、刑場《けいじょう》にはいつまでも女と男の尾を引く悲鳴と呻きとが聞こえていた。

【終章】

再び後宮に平和が戻ってきた。

夜は衛兵が巡回し、宮女達も今ではぐっすりと眠れているようで安心した。

紅林《こうりん》はお馴染みとなった、内侍省の二階の部屋を訪れていた。

しかし、今回は呼び出されたのではない。紅林が彼——王維《おうい》を呼び出したのだ。

「紅林から俺を呼び出してくれるとは、ついに俺の申し出を受ける気になったんですね」

「本当あなたって……」

紅林はこめかみを押さえ、疲労の籠もった聞こえよがしの嘆息をする。

「偶然とはいえ、辰砂国《しんしゃこく》の贈り物のおかげで助かったから、ひと言後宮の監督者としてお礼を言いたかっただけよ」

慈花《じか》と越蘭《えつらん》の皮膚をかぶれさせた植物毒。辰砂国からの贈り物にあった果木によるもので、それがあったからこそ犯人に言い逃げされずに済んだのだ。

「ああ、後宮の騒ぎは無事片付いたようですね。ありがとうございます」

「なんであなたが礼を言うの？」

「どうも、辰砂国が疑われていたようですからね。交渉の場で、翠月国《そちら》の官吏の方々からチクチクと嫌みをもらいましたよ」

「半分は自分で蒔《ま》いた種じゃない。あなたの私に対する行動や、景淑妃《けいしゆくひ》様に対する特使の方の行動が目に余るものだったからよ。反省なさい」

王維は肩をすくめただけで、やはりちっとも反省の色は見られなかった。

「それで、辰砂国の贈り物で何が役に立ったんですか」

「無花果《いちじく》の果木よ」

「ああ、確かにありましたね。でもそれが、どう役に立ったって言うんです？」

「無花果の木を切ると樹液が出るでしょ。その樹液を扉に塗っておいたの。おかげで、後宮を騒がせていた犯人は見事に引っ掛かって、共犯者と仲良く手がかぶれていたわ」

「なるほど。しかし、よく無花果という植物をご存知でしたね。あれは、翠月国《すいげつこく》にはないものなのに」

「あら、だって林王朝時代にも持ってきてくれていたでしょう？」

一瞬にして王維の顔は強張《こわば》り、次に目元から口元へと、段々と表情が崩れはじめる。

「え……」

「真っ白な芙蓉」

紅林が発した暗号のような言葉に、王維が息を詰めた。初めて見る彼の瞠目だ。

「まさか……思い出して……」

やっぱり、と紅林は二度目の嘆息をした。ただし、今度のは安堵の色が強い。

「あの時の少年が、こんな成長してるだなんて思いもしなかったわ。だって、全然雰囲気も姿も違うんだもの。思い出せなくても仕方ないと思わない？　あんなに……背を丸めて、今にも夜に飲み込まれて消えそうだった、弱々しい少年だったのに」

思い出の中の少年と、目の前の王維は似ても似つかなかった。自分でもよく思い出せたなとは思うが、きっとそれは彼が言葉の端々に、思い出の欠片《かけら》を混ぜてくれたからだろう。

ハハッ、と王維は赤茶けた前髪をクシャリと握りつぶして、どうしようもないとばかりに泣き笑いの顔になっていた。

「あー……これじゃあ、もう格好付けられないですね」

腕を下ろして、王維は首を軽く傾いだ。目元と口元には微笑が湛えられており、今までの王維よりも、記憶の中の少年の雰囲気に近い。

「せっかく、あなたを守れるくらいの男になったと、強い男を演じていたのに」

「演技って言うのなら、妻にって言葉も嘘かしら？」

「それは本気ですよ。ずっとずっと昔から、あなたを妻に迎えるために俺は生きてきたんですから。あなたが赤王維《せきおうい》という人間を、生かし続けたんですよ」

王維は手で目元を覆い、前屈《まえかが》みになって脚の間に息を吐いていた。

筋張った、大きな男の手だ。しかし、以前自分を壁に押さえつけていたものだというのに、今は目にしてもまったく怖くなかった。それどころか、少し頼りなげに見えてしまう。

「あなたの第一声……今でも覚えていますよ」

目元に置いていた手を外し、ゆっくりと視線を正面へと戻した彼は、見上げるようにして紅林を見つめる。

下瞼を持ち上げ細められた目に哀色はなく、はっきりとした喜色に縁取られている。

「ふふ、忘れてくれていいのに。あんな失礼な言葉」

「いいえ、忘れられませんよ。本当のことをあれほどまっすぐに言われては」

『ねえ、あなたって可哀想ね』──普通であれば眉をひそめたくなる言葉なのに、王維は美しい思い出を語るように言う。

「俺の生まれは少々複雑でして……まあ、長子なのに王太子になっていないことでお察しとは思いますが」

「そうね」

薄々とだが、紅林も王維の立場については、何かあるのだろうなと察していた。

彼が自分の瞳の色は、平民に多いと言ったことがあった。それとここの言い様を考えると、まあ王族問題としてはよく見られる、半分しか王族の血を引いていないといったところだろう。

「あの時、あなたに可哀想と言われて初めて自覚しました。俺は可哀想だったんだと……。心では思っていても口に出す者はいませんでしたから」

仮にも太子相手に、そんな失礼を言う者などいないのが普通だと思うが。あの時、自分が言ってしまったのは、虫の居所が悪く、まだそれを社交で隠せるほどの年ではなかっただけで。

「周りの空気を読むことばかりが得意で、ずっと周囲におもねるように生きていたと思います。今更ながら、気持ち悪い子供でしたよ。だから、そんな俺を真っ向から否定してくれたあなたに惹かれて、どうしようもなく手に入れたかったんです。俺とはあまりに正反対で……とても……眩しかったから」

困ったように笑う彼は、この間までの強引さとは無縁だった。憑き物が落ちたような顔をしている。

「そう。でも、もうあなたに私は必要ないわね」

「そんなことは――ッ」

焦ったように腰を浮かせた王維を、紅林は目で制する。

王維はうっと動きを止め、素直に腰を落とした。本当、この間までの獣のような彼とは正反対だ。今はまるで子犬だ。

「だって、もう充分にあなたは眩しいわよ」

「え」と、王維は水色の目を丸々と見開いて、紅林を凝視する。

嬉しいのだろう。瞳がキラキラと輝いており、本当に子犬のようだと、つい紅林はぷっと噴き出した。

「国営商隊を率いて、堂々と胸を張って陛下相手に一歩も引かない。あなたの背中は全然丸まってないし、誰の顔色も窺ってない……少しくらい私の顔色は読んでほしかったけど……」

彼が自分にあれほど執着する理由が分かった。自分にないものを補おうと、隙間を埋めるものが欲しかったのだろう。王維のはおそらく恋ではない。恋に似た強烈な憧れだ。男と女だったから、こういう形で現れてしまっただけで。

「もうあなたは、ひとりでまっすぐ歩けるわよ。国営商隊をこんなに大きくした人だもの。大丈夫、私が保証するわ」

王維は、顔をくしゃくしゃにしてふっと苦笑すると俯いた。

「ああ……どうしよう……。あなたはもう他の人のものなのに……それなのに……っ、あなたに認められたのが、こんなにも嬉しいだなんて……っ」

王維は一度だけ鼻をすすると、顔を上げた。両膝に手を置き、背筋をまっすぐに伸ばし、真剣な顔つきで紅林を見つめる。

「紅林、ずっとあなただけが好きでした。俺の妻になってくれませんか」

「ありがとう、王維」

紅林は、白い髪を揺らしながら、一等綺麗な笑顔を王維に向けた。

「それは……ずるいですって。キッパリ振ってくれないと、忘れられないじゃないですか」

ありがとうと、紅林は申し出を受けると取れるような返事をしたのに、王維はそうは受け取らず、紅林が裏に込めた意味を適切に感じ取った。

紅林のありがとうは受容ではなく謝罪だ。

「あら、だって私は翠月国の貴妃ですもの。外交に利が出るように振る舞うのは当然よ。辰砂国とはきっと長い付き合いになるでしょうし、国営商隊長さんに忘れられては困るもの」

「悪い女《ひと》だ」

「今までされてきたことを考えれば、おあいこよ」

王維は苦笑していた。

「それと、王維。強い男って強引な男のことじゃないわよ。無理矢理襲うだなんて、どこで学んだのかしら」

瞼を重くしてじっとりと睨めば、王維はうっと気まずそうに口角を下げた。

「あ、あれは、あなたに舐められないようにっていうのと……その、関陛下に比べたら俺はまだ……だから、余裕がなくて……」

「ふふ、分かるわ。あの人は、とても強くて格好いいわよね。この人に認められたいって思ってしまうくらいに」

無言だったが、王維は小さく首を縦に振っていた。

「……子はどうするんですか、紅貴妃様」

呼び方が変わったのは、彼なりのけじめか。

「その髪色も後宮という場所も……平和なものではないのでしょう？　もし苦しいようであれば、俺の妻にとは言いませんが、何に代えてもこの場所から出してみせますから」

脱走を失敗した者達の末路を見たばかりなのによく言えるな、と紅林は苦笑した。

しかし、きっと彼は冗談で言っているわけではないのだろう。

失敗しない自信を持てるほど、彼は成長したというわけだ。

「大丈夫よ。成長したのはあなただけじゃないのよ」

◆

関《かん》招《しょう》の私室に、夏《か》侯《こう》倀《しん》が訪ねていた。

「まさか、あのような方法で犯人が捕らえられるとは……樹液を塗って待つだなんて、まるで虫取りですよ」

「ははっ、虫取りか。言い得て妙だ！」

快活に大口を開けて笑う関招は愉快そうだった。

「それで、倀。どうだ俺の寵妃は。お前のその半分しかない眼鏡にかないそうか？」

自分のことではないのに誇らしげに胸を張る関招に、夏侯倀は苦笑交じりの溜息を吐く。まるで、一等美しい蝶を手にした大きな子供だ。見せびらかしたくて仕方ないのだろう。

「とても、良い妃を選ばれたと思いますよ」

滅多に誰かを褒めることのない夏侯倀の賞賛に、関招の胸はますます反った。

しかし、夏侯倀の「それで」という言葉で、空気が一変する。

「彼女は何者なんですか。下民、その前は流民に身をやつしていたということですが、それ以前の情報が一切ありません。明らかに、彼女の知性は下民にいて身につくものではないでしょう」

「さあ？　俺は過去には興味がないからな」

夏侯倀は眼鏡を調整しながら、苛立たしげに、息よりも声のほうが大きな「はー」という溜息を吐く。

「本当、前任者の適当さには驚愕することばかりですよ。おそらく、宮女だから生い立ちまで気にされなかったのでしょうが……今は違います」

「俺は、宮女だろうと妃だろうと過去は気にしないがな」

「陛下が良くても、周りが同じとは限らないんですよ。貴妃……しかも陛下の寵妃であれば、その身元もしっかりと洗いませんと」

夏侯倀が言い募るたびに、輝いていた関玿の顔は次第に色を暗くする。しまいには、そっぽ向いて耳に指を詰めていた。

「うるさい。別に他人の過去を判じられるほど、俺もお前も立派な生まれではないだろうに」

「そ、それは……っ」

二人とも貴族でもなければ、当然皇族の血なども一滴も引かない。田舎のただの平民でしかなかったのだ。紆余曲折あって、皇帝と内侍長官という椅子に座っているが、尊い血を持っているわけでもない。

さすがに、関玿の反論に一理を覚えたのか夏侯倀は押し黙るが、まだ納得いかない顔で口をもごつかせている。

「そんなに気になるのならこう思っとけ。彼女は、天が遣わした仙女だと」

いきなり出てきた突拍子もない言葉に、夏侯俍も「仙女!?」と素っ頓狂な声を上げた。

「狐憑きだなんだの妖狐《ようこ》ってのは、元より天上の生き物だろう。仙女でも、さもありなんという話だ」

「なんとまあ、適当な……。しかし、確かに。下手に過去が出て来るより、仙女としてしまったほうが都合は良いですね」

うんうんと深く頷く夏侯俍を尻目に、関玿は口の中で「俺は本当に仙女だと思っているがな」と独り言を呟いた。

「でしたら、仙女様が天上へと帰ってしまわぬよう、気をつけなければなりませんね。彼女を失うのは惜しいですから」

「ああ。だから皇后にする」

「はっ？」

あまりにも礼を失した夏侯俍らしくない返答に、関玿は笑いを噛み殺した。夏侯俍のただでさえ小さい瞳はもはや点になっており、滅多に見られない滑稽な表情は、彼の受けた衝撃の大きさを物語っている。

「俺は、紅林を後宮だけでなく、この国の母に据えたいんだ」

夏侯俍はずり落ちそうになっている片眼鏡を左手でなおし、小さくこぼした。

「これはこれは、険しい道のりになりそうですね」

溜息を吐きながら言う彼の口は、意欲をかき立てられたように勝ち気に笑んでいた。

後宮問題に一応の終止符が打たれたあと、朝議の席で関玿の口から騒ぎが起こっていたこと、そして解決したことが明かされた。

後宮が騒がしいことは表にも漏れ聞こえてきており、その中に辰砂国が糸を引いているという噂もあって、外交交渉はいっとき暗礁に乗り上げていたのだが。

辰砂国の持ち込んだものが解決の決め手になったという話になれば、辰砂国への疑念も無事に晴れた。結果、今回の貿易は両国がそれぞれに望んだものであり、辰砂国との貿易は平等条約のもと円滑に締結された。

この件で、評価を変えたのは辰砂国だけではなかった。

まず、紅貴妃。

問題に迅速に対処し、後宮内が混乱しないように努め、一応の監督者の責を果たした。

また犯人を突き止めたのが彼女と知れ渡れば、狐憑きと風当たりが強かった彼女に対し、ほんのわずかな人数ではあるが評価を改める者も現れた。

次に、王維。

後宮問題を解決してからの王維は、まるで人が変わったように翠月国の者達に礼節を尽くし、当初、王維の関玿への態度を目の当たりにして反対していた者達も、次第に態度を軟化させていった。

加えて、その変化が、紅貴妃に説教をされたからだと王維が照れながら話したことで、紅貴妃の評価をさらに押し上げることとなった。

他国の太子に礼を説けるとは、できた妃だと。

そして今、全てを終えた者達が、それぞれの新たな道に踏み出そうとしていた。

◆

一番最初に特使団を迎えた場所――霊明殿《れいめいでん》へと続く階段に、王維と関玿は並んで腰を下ろしていた。とは言っても、二人分くらいの間は空けてあるが。

「話していたら分かります。武官上がりだと聞きましたが、あなたは政でも優秀だ。文武両道の皇帝だなんて欲張りすぎだと思うので、せめて彼女は俺にください」

「王維殿下……紅林には、しっかりと振られたと聞いているが？　諦めの悪い男は見苦しいぞ」

「多少の未練くらい持たせてくださいよ。長い長い俺の初恋だったんですから」

「奇遇だな。俺も紅林が初恋相手だ」

まさか、とばかりに王維が目を瞬かせ関玿を見れば、関玿は目だけを滑らせ、横目にふっと鼻で笑った。

それは自嘲にも似た響きで、王維は、関玿の初恋が本当に紅林なのだと信じる。

「……翠月国も一夫一妻制にしたら良いのに」

「そうだな。だが、急には無理だ。何事も順序というものがある」

「まあ、一夫一妻制でも問題がないわけじゃないですからね」

俺のように、と王維は小鳥がさえずるほどの自然さで風に言葉を流した。彼の横顔には卑屈さも悲しさもなく、ただ自然体で事実を受け入れているように見えた。

「随分と棘《とげ》が抜けたな、王維殿下」

「武装する必要がなくなりましたから」

それに、と王維は空を仰ぐ。

風に赤茶けた毛がふわふわと揺れる。

「この世で一番認めてもらいたい人に認めてもらいましたから。だったら、今の自分も悪いもんじゃないなって」

仰いだ空に手を伸ばし、宙空で何かを摑んだ王維。彼はきっと大切なものを、今回手にできたのだろう。

「ああ、そうだ。俺、紅貴妃様が林王朝の元公主だって知ってるんですが」

「だろうな。殿下の発言から薄々気付いていたよ」

「実は紅貴妃様を、俺の妻にならなければバラすって、脅してたんですよね」

「はあ⁉」

素っ頓狂な声を出した関玿に、王維が「皇帝なのにそんな声も出るんですね」と呑気《のんき》なことを言う。

「安心してください。元からバラす気もなかったですし、これからもバラすつもりはありませんから。俺は、彼女が幸せならそれで良いんです」

紅林の様子がしばらくおかしかった理由を、関玿は今理解した。

自分の寵妃に何をしてくれたんだ、と怒る気持ちがないわけではないが、全て終わったあとの上、隣の男が既に失恋済みの傷心中だと思えば、声を荒らげることは躊躇われた。

関玿は、階下から吹き上げた風に舞う髪を手で払い、流れていく風に腹立たしさを流し捨てた。

「……まあ、殿下が振られたということは、紅林はその脅しに屈しなかったということだろう。さすがは俺の紅林だ」

彼女最大の秘密と天秤に掛けられても、自分の元にいることを選んでくれた紅林に、関玿は今すぐに会って抱きしめたくなった。

目の前には広大な石畳と、その奥にはまた一際大きな殿舎が見える。さらにその向こうは、官吏達が働く場が広がっている。

遮るものがなく、見上げた空は、両手を広げても足りないほどに広大だ。

今、隣に彼女がいて一緒にこの景色を見ることができたら、どれほど幸せだろうかと思う。

しかし、彼女は後宮を出てこられない。

彼女だけではない。後宮に一度入った者達は、自分が玉座を退くまでこの広大な景色を自由には楽しめない。

「今回の件は、後宮から出たくても出られないことが原因で起こったものだ。自らの意思で後宮に入った者もいれば、親に無理強いされた者や、金のために身売り同然に入った者もいるだろう。そういった者達の間では、後宮に居続ける動機に濃淡があるんだ」

「確かに、目的を持たない者達は弱いですからね」

自嘲の響きが聞こえた。が、関玿はあえて王維を見ようとはしなかった。

彼の生い立ちも順風満帆とは言えないのだし、色々あったのだろう。わざわざ顔を見てまで正誤を確認する気はない。

「それで、関陛下はどうなさるおつもりなんですか」

「後宮に手を入れようと思う」

「どのように？」

「今まで後宮は、皇帝の血筋を守るためだけのものだった。しかし、俺は彼女達にたったひとりの男ではなく、この国自体を支えてもらいたいと思っている。その意思のある者だけを後宮に留めようと思う。まだ誰にも話していないことだが」

「つまり、女人達を政に参与させると⁉」

どの国でも、政は男がするもので、女は血統を守るものとされている。閨で多少の意見聞きくらいはあるのだろうが、はっきりと参政させている国はどこにもない。もちろん辰砂国もそうだ。

「紅林や景淑妃を見ていてよく分かった。女人は官吏にはなれないが、それに等しい力がある」

景淑妃の奏上書に目を通したが、理路整然としていて何故辰砂国との貿易が必要なのか、またその中で国営商隊を指定したのか、分かりやすくまとめられていた。宰相の安《あん》永季《えいき》が、自分の側近にしたいと言っていたくらいだ。

そして、紅林もだ。全て消失した後宮史を知る生き字引であり、知識を駆使できるだけの行動力と勘の良さがある。

それにいつの間にか、彼女の言葉に皆が耳を傾けるようになった。貴妃という地位による強制力もあるのだろうが、彼女の言葉には、聞き心地の良い理想の空虚さも、同情を引く悲嘆の重苦しさもない。

ただ、身の丈分の中身があるのだ。だから、耳を傾けたくなる。

それは人心収攬《じんしんしゅうらん》に長《た》けているということ。正直、後宮だけに留め置くのはもったいない。

「もちろん、最初に言ったように急には無理だ。だが、彼女とならば変えていけるように思うんだ」

「羨ましいです。そんな伴侶に出会えて」

「会いたくなったら、いつでも朝貢品を持って来い。後宮妃としてなら会わせてやる」

「では、紅貴妃様のことをもっと詳しく知る必要がありますね。好きなものや、嫌いなもの、たくさんお話ししないといけないので、毎日訪ねないといけませんね」

関玿の眉間がぐぐっと狭まる。

「お前は本当……口が減らんな」

「これでも商隊長なんで。商人は口が上手くないとやっていけませんから」

「ははっ、ならば殿下には似合いの役割だな」

彼の、のらりくらりと躱《かわ》しながら言葉を引き出す術《すべ》は、商売事には合っているのかもしれない。国営商隊を大きくしたと聞くし、才能なのだろう。

「紅貴妃様の存在は、何者にも代えがたいと思います。髪色ごときで嫌悪を向ける者達が彼女を追い落とそうとするなら、この王朝は長くはないと思ったほうが良いですよ。本当に必要な人間が分からない者達が中央にいるのは、腐敗の始まりですから」

「ああ、肝に銘じておく」

そうして行き着くところまで行ったものこそが、林王朝なのだから。

かの王朝の治世の醜さや苦しさは嫌というほど知っているし、もう誰にも味わわせたくないから剣を向けたのだ。

同じ轍《てつ》など踏んで堪るものか。

「さて、そろそろお互いの側近が、口うるさく呼びに来そうだ。面倒だし戻るか。ああ、そうだ。これから俺は内侍省を訪ねるが、紅林に会っていくか?」

さらりと言う関玿に、王維は瞼を重たくして下顎を突き出し「けっ」とそっぽを向く。

「その年上の余裕みたいなの……ずるいんですよ」

「年上には年上の面子《メンツ》ってものがあるし、結構つらい時もあるがな」

がむしゃらに喚《わめ》いて彼女を腕の中に閉じ込められたら、どれだけ楽だろうか。

だが——。

「信じて待つのが、俺の役目だ」

◆

内侍省建屋の一室で、一組の男女が向かい合っている。

「何度誘われようとわたくしは行けませんわ、嵩凱《こうがい》兄様」

「どうしてだ、景詵《けいせん》！　私はお前が後宮妃になると知っていたら、あの時お前とは別れなかったというのに」

「一緒に、国営商隊に連れて行きましたか？」

「もちろんだ」

クスと景淑妃は笑った。

「まあ、嵩凱兄様ったら酷なことを。わたくしが兄様に抱いていた気持ちが、兄様がわたくしへ向けるものと違うのはご存知だったでしょうに。それなのに、わたくしを傍に置いてどうなさるおつもりだったのです？」

「そ……れは……」

嵩凱はばつが悪そうに奥歯を噛むが、「だが」とまだ、景淑妃に請うような目を向ける。

「後宮とはたったひとりしかいない皇帝の寵を、女人全員で奪い合うのだろう……っ。

そのような場所に、私はお前を置いておきたくないのだ」

「そのような者達もいましょう。ですが、わたくしはそこの争いに加わるつもりはありませんわ」

「何故だ」

「わたくしが愛するのは、後にも先にも嵩凱兄様だけですもの」

「景詘……」

嵩凱の景淑妃を呼ぶ声はとても愛《いと》しそうで、されども、向ける目に宿る感情は、決して恋情の熱を持たない。あるのは、家族に向ける熾火《おきび》のような温《ぬく》もりだけ。

その温もりをもどかしく思った頃もあったが、この場から守ると決めた今では、彼の変わらぬ温もりに安心する。

「しかし、愛し方はわたくしが決めます。離れているからこそ……違う場所に立っているからこそ伝えられる愛もありましょう」

頑として景淑妃は首を縦に振らなかった。

「今回の我が国との貿易再開は、景詘の口添えがあったと聞いた」

「我が国の利を考えたまでですわ」

「『我が国』か……そうか……」

同じ言葉を使えども、示す国はそれぞれに違う。

些細な違いのように思えるが、しかし二人にとっては、もう同じ場所に立つことはないという決別も一緒だった。

「お前は、ここで生きることを選んだんだな。景詢」

「ええ」と、たおやかに景淑妃は微笑んだ。

「景淑妃様。今後とも、辰砂国とより良き縁を結んでいただければと、お願い申し上げます。そして、どうか末永くご健勝であられますことを」

席を立った嵩凱は、拱手を掲げた。

そこにある姿は、一国の妃と外交国の臣下のそれに他ならなかった。

◆

辰砂国の特使団が今朝、王宮を出た。

表のことに関われない後宮の者達は、見送ることなどできず、ただ各々の宮で彼らの帰路の無事を祈った。そうして、人けがぐんと減った王宮は、一日が終わる頃には彼らが来るまでと変わらない空気を取り戻していた。

あれだけ浮ついていた空気も、夢幻《ゆめまぼろし》だったかのように綺麗に消え、数日前の出来事など、もはや誰も口にしていない。

宮女達が仕事を終えて宿房に戻る、楽しそうな甲高い声を耳の浅いところで聞きながら、紅林はやって来た彼に目礼した。

「こんな所に呼び出してごめんなさい、関玿」

「いや、紅林が呼ぶのなら俺はどこにでも行くさ。たとえ敵地のど真ん中でもな」

関玿は、紅林にたどり着く一歩手前で歩みを止めた。

「この場所も、随分と懐かしく感じるな」

辺りを見回し、関玿は感慨にふけった声を漏らす。

二人が今いる場所は、北庭より東に入った――かつて紅林が母親への花を供えていた場所だ。

「朱《しゅ》姉妹はどうした？」

紅林は首を横に振った。

「この場所で二人きりか……つまり、答えが出たんだな」

紅林の首が、今度は縦に動いた。

「紅林がどんな選択をしても咎めはしないが……」

関玿が距離を埋めるように大きく一歩踏み出し、紅林の細腰を抱き寄せる。

「俺の前からいなくなることだけはしないでくれ」

近づけられた彼の顔は、皇帝という冠を被るには少々頼りなげに見えてしまうほど揺らいでおり、しかし、同時に男としての威儀を保とうと眉根を引き絞り、辛苦の葛藤が見てとれた。

待ってと言った日から、彼は自分にそういった意味で触れようとしなかった。

久しぶりに感じる彼の逞しさに、紅林はくらりとする。このまま彼の胸に身を委ねてしまおうかと、誘惑がやってくるが、紅林は意思と腕の力で関玿を引き離した。

「ごめんなさい」

関玿の顔が強張る。

「ずっと、黙ってたことがあるの」

「……っ何をだ」

声までも関玿は硬くなっていた。

彼の喉が上下するたび、ごくっとぎこちない音が聞こえてくる。

紅林は関玿の手を引いて、北壁の際まで連れて行く。

「この場所に何かあるのか？　花を供えに来た……というわけでもないだろう」

花などもう供えられておらず、ただまばらに草が茂るばかりだ。

関玿の困惑が強くなる。

すると、紅林は突然その場にしゃがみ込み、地面に爪を立てはじめたのだ。

これに驚いたのは関玿だ。

「何をしているんだ、紅林！　手が傷つくぞ！」

手が汚れるのも厭《いと》わず、一心不乱に地面を掻き続ける紅林の手を、関玿は止めようとして摑む。しかし、関玿の手は、紅林の「大丈夫だから」というひと言で簡単に払われてしまう。

そうして紅林の指先がガリッと硬いものに当たれば、そこでやっと彼女は掘るのをやめた。

ようやく動きを止めたことに関玿は安堵したが、今度は紅林の手の下から出てきたものに目を剝く。

「紅林、なんだこれは。何か埋まっているぞ」

土の下から出てきたのは、古びた一枚の板。

紅林は板に被る土を払うと、隙間に指を入れてこじ開けた。

土や小石がバラバラと、ぽっかりと口を開けた穴底へと落ちていく。カン、こん、カララ、と反響して聞こえる音は、暗さに包まれた穴の深さと広さを物語っている。

「これは、林王朝時代の隠し通路なの」

後宮再建の時に、とうに見つかり埋め立てられたのだろうと思っていたが、この間ふと気になって掘り返してみれば、まだ通路は閉じられていなかった。

「林王朝の隠し通路が……まさかこんな場所に……」

い様子だ。

関昭もまったく予期していなかったものの出現に、どう反応したら良いのか分からな

「母がね……あの日、私だけでもってここから逃がしてくれたの。穴は街の東端にある官営の古井戸に繋がってたわ」

この穴があったおかげで、林紅玉《りんこうぎょく》は生き延びることができた。

「黙っていようと思えば黙っていられたのに……どうしてこれを俺に教えたんだ」

「分からない？」

首を傾け、見上げるようにして問うてくる紅林に、関昭はしばしの黙考の末「まさか」とわななく口を手で覆う。

「この穴を塞いで、関昭。私にはもう必要ないもの」

この意味が分からないほど、関昭も鈍くはない。彼の目元は喜色に赤らんでいる。

しかし、紅林はあえて言葉の意味を口にする。

たくさん待たせてしまったぶん、はっきりと自分の口で言葉で伝えるべきだと思った。

少しもすれ違ってしまわないように。

「私はあなたとこれから先、ずっと一緒に生きていくわ。そして、あなたとの子を産みたい。たくさん障害はあるかもしれないけど、それでも私——きゃっ！」

言い終わらぬうちに、関昭の腕の中に閉じ込められてしまった。

「……じゃあ、もう薬は……」

「ええ、飲まないわ」

痛いくらいにきつく抱きしめられ、紅林は関玿の逞しい胸板からもごもごと顔を出す。

「ちょっと、関玿。少しは手加減――」

「紅林……っ、ありがとう……」

肩口に顔を埋めた関玿の表情は見えないが、震えた声を聞けば充分だ。

紅林は彼の背中に手を回し、ぽんぽんとあやすように叩く。

「ごめんなさい。きっと、たくさん不安にさせたし、悲しい思いもさせたわね。でも、もう大丈夫だから」

たくさん考え、悩んだ。

今回、様々な愛し方を見た。共に逃げることを選ぶ者もいれば、見つめ続けるだけの者、あえて離れる者もいた。

自分はどうしたいかと考えた時、紅林は皇帝の支えとなりたいと思った。

嬉しいことに、関玿には惜しみない愛を向けられている。だが、寵妃として後宮を監督していくことよりも、もっと心動かされることを見つけてしまったのだ。

それが、愛する男である関玿ではなく、この翠月国を支える皇帝である関玿の力になることだった。

彼に紅貴妃として褒められた時の胸の疼きは、紅林の新たな希望となった。

「私、あなたの力になりたいの。あなたの作る国を、私にも一緒に支えさせてほしいの」

関玿の背がピクッと跳ねた。

「……っそ、だろ……どうしてお前はそんなに……っ」

肩口から顔を上げた関玿の瞳には、薄い水膜が張られていた。

「どうしてお前は、いつも俺が一番欲しい言葉をくれるんだ」

鼻先を赤くして揺れる瞳で見つめられ、『ああ、この顔を他の誰にも見せたくない』と思った。公《こう》も私《し》も、誰よりも彼を理解して誰よりも彼に近しい存在でいたいのだ。

「でも、ごめんなさい。きっと、私があなたに与えるのは愛だけじゃないわ。この色と血が、たくさんの問題事も呼び寄せてしまう」

視線を落とした胸元の白い髪を、紅林は手ぐしで梳いた。そして、梳いた手に浮かぶ青い血の筋に目が行く。

「私の中に流れる血がばれた時、もし子がいたら、この髪もあるしその子にきっとたくさんの悪意が向けられると思うの。でも、私はあなたの一番近い場所を他の誰にも譲りたくないし、あなた以外の人との子なんて考えられない」

「俺も、紅林以外となんて想像できないな」

関玿の両手が、紅林の頭を撫でるように下りてきて頬を包み込む。剣を握り続けてきたからだろうか、頬に触れた彼の掌はかさついていて、まめがあった場所が硬くなっていた。

この無骨な手が好きだった。

紅林も関玿の手を外側からそっと包み込む。

「だからその時のために、誰にも何も言わせないくらい強い女になるわ。表も後宮も信頼を集めて、あなたを支えるだけじゃなく、ひとりでも立っていられる女になるの」

今回の件で、その道が不可能でないことを知った。

小茗《しようめい》や景淑妃がそうだ。心を尽くせば、相手からの認識は変えられる。

「もちろん、ばれないようにするのが一番だけどね」

「安心しろ。ばれた時のための口実はもう考えてあるから」

紅林は目を瞬かせ、ぷっと噴き出した。

「ふふ、用意周到ね。どんな口実か聞いて良いかしら？」

「関王朝と林王朝二つの血が入った子を皇帝に据えれば、林王朝を復活させようという勢も、関王朝を存続させようとする勢も身動きできなくなる。つまり、子をもうけることが、俺達だけでなくこの国の平和にも繋がるんだ」

関玿は言い終わったあと、ぽかんと口も目も丸くしている紅林に、得意げに片口をつり上げた。

「まさか……二つの血が流れることを逆手に取るだなんて」

二つの血が流れているから批難されると思っていたが、確かに反乱を企てる者の視点に立てば、この上なく有効な理由だ。

胸の中に光が射し込んだ心地だった。

その一言をもって完全に批難を消すことは無理だとしても、紅林の不安を軽くするには充分だった。

「関玿すごい！　すごいわ！」

「お前に褒められると、嬉しいが照れくさいな」

側頭にかかった関玿の指が、髪をやわやわと弄ぶ。

「紅林が亡朝の公主だと知られたら、多少のざわつきはあるかもしれないがな。だが、紅林だけに背負わせやしないから。何があろうと、俺が国も紅林も子も守る」

彼の言うとおり、そう穏便に事は進まないだろう。しかし彼と二人でなら、どんな障害がやってきても乗り越えていけると思う。

いや、乗り越えていくのだ。そう覚悟したのだから。

地面にぽっかりと空いた穴を見つめ、紅林は目を閉じた。

「私の愛も忠誠も関玿に捧《ささ》げると誓うわ」

「ああ……俺も俺の全てで紅林を守ると誓う」

目尻を和らげた関玿は、再び紅林を抱きしめ、白い髪に何度も口づけを落とす。

「皇后の椅子は紅林のために空けておくからな」

「ええ、私以外誰にも座らせないで」

見つめてくる眼差しは、とろけるほどに甘く、自然と距離がなくなっていく。

じわりとした互いの熱が全身に染み込み、二人の濡れた吐息が交わった。

触れるだけの浅い口づけ。

頭が熱でくらくらするというのに、久しぶりに与えられた甘露を物足りなく感じてしまう。

「……寝宮を開かせよう」

口づけの余韻の中で告げられた台詞に、一瞬にして紅林の頭が冴える。

「えっ、今から⁉ そんな急に！ 湯浴みも何も伽の準備なんかしてないわよ」

朱姉妹があたふたとする光景が、瞼の裏に浮かんだ。

「準備などいらん。そのままの紅林が良いんだ。それに、これ以上お前と離れていたくない」

言うが早いか、関玿は紅林の膝をすくい上げ、あっという間に横抱きにした。

いつもなら、ここいらで恥ずかしさのあまり盛大に抵抗する紅林なのだが、今は関玿の腕の中に大人しく埋まっている。

「そうね。私ももう二度とあなたと離れたくないわ」

見つめ合った二人は、額をくっつけて顔をほころばせた。

「やっと言ってくれたな、俺の愛し妃よ」


それから三ヶ月後。

後宮だけでなく、王宮全てを揺るがす吉報がとどろいた。

「紅貴妃様、ご懐妊でございます」


【了】

【あとがき】

お久しぶりです、巻村螢《まきむらけい》です。

また皆様に、紅林《こうりん》や関玿《かんしょう》、賑《にぎ》やかな侍女達をお披露目でき、とても嬉《うれ》しく思っております。

前回の発刊から早十ヶ月。秋を通り、冬を過ぎ、春を迎え、もう夏といったところですね。四季が一巡りしましたが、いかがお過ごしでしょうか？

二巻のお話を練っている時、紅林は貴妃になってどう思ってるんだろう？　などと毛布を被《かぶ》りながら色々と考えたものです（寒がりなので、年中毛布と仲良し）。

実は、この巻のラストで、関玿が後宮に手を入れるというようなことを言っていますが、当初そのような構想はありませんでした。でも、紅林や関玿、景淑妃《けいしゆくひ》達がそれぞれの想《おも》いを胸に抱いて行動した結果、そのようなことになりました。あれ？

キャラとは不思議なものです。

それっぽく作ろうと思えば作れます。

設定を用意して口調を整えて……でも、魂が入っていないと、世界の中ではまったく動いてくれず、作者がひとつひとつキャラの行動を指示しなければならない、どこかぎこちない操り人形になってしまいます。

作者が生み出したキャラだから、操り人形なのは当たり前では？　と思われるかもしれませんが、魂が入っているか入っていないかで、まるで物語の輝きが違ってきます（と、私は勝手に思っているのですが）。

キャラに魂が入った時、そのキャラは世界の中を勝手に動き回ります。

気がついたら他の四夫人と夜の散歩をしていたり、初恋相手に強引に迫ってしまったり……などなど。徐璎など好き勝手代表格ですね。いつもどこかでウロチョロしています。

正直、作者のほうが振り回されます。でも、それが心地《ここち》好《よ》く楽しいのです。

いかがでしたでしょうか？

物語は輝いていましたでしょうか？

自分としましては、彼女達の声すら聞こえてくる……そんな物語が傾国悪女では書けたかと思います。

彼女達の続きを書かせていただけたのも、応援してくださる皆様のおかげです。心より感謝申し上げます。

また、発刊に際しまして、色々と大変な中ご尽力くださった編集さんや関係者の皆様、今回も表紙を多幸感いっぱいの絵で飾ってくださったもんだば先生、誠にありがとうございます。

こうして多くの方々に支えられた傾国悪女ですが、この度、【コミカライズ】する運びとなりました！　嬉しい！　ありがとうございます！

連載開始時期などは、X（旧Twitter）で都度呟《つぶや》いていきますので、また漫画版傾国悪女も楽しんでいただけますと幸いです。

※以前ファンレターに関する質問をいただいたので、念のためこちらでも……。

巻末の『本書に対するご意見、ご感想』というところに書いてある編集部住所にお手紙を送っていただけましたら幸いです。次の物語を執筆する支えになります！

それでは皆様、よき読書ライフを。再見！

＜初出＞

本書は書き下ろしです。

この物語はフィクションです。実在の人物・団体等とは一切関係ありません。

メディアワークス文庫

いずれ傾国悪女《けいこくあくじょ》と呼《よ》ばれる宮女《きゅうじょ》は、冷帝《れいてい》の愛《いと》し妃《ひ》2

巻村《まきむら》 螢《けい》

2024年7月25日　初版発行

発行者　山下直久
発行　株式会社KADOKAWA
〒102-8177　東京都千代田区富士見2-13-3
0570-002-301（ナビダイヤル）
装丁者　渡辺宏一（有限会社ニイナナニイゴオ）
印刷　株式会社暁印刷
製本　株式会社暁印刷

ISBN978-4-04-915739-0 C0193

メディアワークス文庫　https://mwbunko.com/

本書に対するご意見、ご感想をお寄せください。

あて先
〒102-8177　東京都千代田区富士見2-13-3
メディアワークス文庫編集部
「巻村 螢先生」係

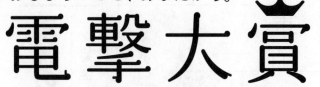